就这么漂来漂去

韩寒 著

天津出版传媒集团

天津人民出版社

常有人问我为什么会去赛车，

我说：

人小的时候都有很多愿望，

但那一个我记住了。

送给朋友们，

谢谢你们多年来陪我安静或飞驰。

目录

前言的前言

从浙江龙游离开的时候，老天依照往年的惯例在下雨。

　　如果没有拉力赛，我想也许此生我都不会来到这个县城。每次开到这里都是凌晨两点，都要去杨爱珍大排档吃一碗小馄饨。

　　离开的时候都是周一的中午，再随手买一些吃的带上车，话说浙江的肯德基总是比上海的更辣一些。

十年前，我正式开始了我的拉力赛生涯。

前言

第一场比赛在上海佘山，彼时的拉力赛段，此时已是五星级酒店和山脚别墅。赛段的起点就在如今的世茂佘山艾美酒店，一起步就是数百米的大直线，然后拐进今天的月湖公园，那里也是记者和观众云集的地方。

记得2003年的比赛前夜，我进行了无数次幻想：人生的第一个转弯要如何呈现，是走一个非常标准的赛车线呢，还是炫目的漂移入弯，或者是中规中矩拐过去就行？结果是我没刹住车。我职业生涯的第一个转弯就以一把倒车开始。

很快，锦标赛就到了浙江龙游站。那里是砂石路。我喜欢拉力赛，就是因为少年梦想。看着那些拉力车手在山间树林里高速漂移，十多岁的我目瞪口呆。从那一天，我就立志要和他们一样。人哪，在青春期总是不承认自己有任何偶像，却忘记年幼时他们给你的力量。当系上安全带，戴上头盔，我觉得我所崇拜的拉力赛前辈们都附体在我身上。

然后，我第一个赛段就掉沟里了。

三环之王

几乎所有口口声声说在街上飙车危险想开快车就参加正式赛车比赛的车手都是从街上飙车开始的，因为这本身就是一个衍生的关系，这点可以从美国赛车发展的历史中得到证实。

故事是这样的，在几十年前的美国，烟草和酒类走私十分猖獗，大批走私分子游走于加拿大、墨西哥与美国之间。不过同时，警察的打击力度也十分大，但那时候可能直升机还不是很流行，所以经常会出现犯罪分子驾车在两国边境山路上狂逃，后面一串警车狂追的情形。

后来美国放开了边境贸易，这批天天被警察追的犯罪分子一半成了车队技师，一半成了车手。那也正是美国赛车起步的时期。

当然，中国赛车起步的时候，中国早已经改革开放了。

北京、上海、广州、深圳是中国内地比较富裕的地方。广州、深圳受香港影响比较多，香港则受日本影响比较多。这里要说一下日本，日本被称为亚洲街头飞车的祖先。日本因为有几大车厂，在20世纪90年代初期都纷纷出产闻名世界的高性能的跑车：富士的WRSSTI，三菱的LANCER EVO，本田的NSX和各种TYPE-R，尼桑的FAIR LADY Z、GT-R，丰田的SUPRA和CELICA，马自达的RX-7

等等。当时日本本国经济发达，年轻人都很有钱，而且年轻人也多，所以撞死一些人国家也没损失，山路和东京环城高速的竞速就开始风靡。后来被某些热爱非法地下赛车之余还有点文化的人士改成一些诸如《头文字D》《湾岸传说》《首都高速》之类的漫画和PS游戏，开始风靡世界。

现在日本非法赛车越来越少，因为建了足够多的赛车场。赛车总是要容许失误和给你从头再来的机会，而大家可能已经意识到在街上失误的代价比较大，因为路灯、马路牙子、公共厕所之类障碍的存在，会导致修车费用不可预计地上升，而且在日本高性能跑车或者改装车保险费用都很高或者根本不让上保险，所以大家都开始纷纷去修车便宜的地方过瘾。

然后是中国人的地方开始了地下赛车。先是中国的香港和台湾。香港是弹丸之地，年轻人都给憋得不行，而且没有赛车场，地下飞车是人之常情。台湾自然不用说，台湾某些人哈日，如果他的车能直开肯定不是开到美国去而是径直开到日本南边，还要给自己起个日本名字招摇一下。某些年轻人千方百计模仿日本人的模样飞车，可是因为没人家那么不怕死，所以基本上速度都不快，越飙车越长寿，有人飙着飙着还做起改装生意，开始赚钱。台湾也有个赛车场，叫TIS，100马力的车说不定还能快过1000马力的车，说明了这个赛车场的细小，没有直线和颠簸。但是，台湾人自己动手的能力还是值得赞扬，虽然大部分都是假货次品，但是也有一些质量上可以媲美日本的东西，比如说挡泥板之类不能有电流或者汽油从中通过的产品。

终于，这样的潮流来到中国其他几个先富起来的城市。先是广州有个山，这里的年轻人从摩托到汽车都纷纷以不慢的速度往上开，但是绝对不快，所以也只敢跟当地人吹牛，假装在非法赛车。

深圳基本上就在街上，以胡开为主，以超过一票出租车为乐趣。同样的也发生在上海，因为上海没山，只有高架，所以只能在高架上小飙一下。在速度上，绝对是比台湾人还要慢，怎么能开得太危险啊，看看四下没车加速一段解解痒。当然也有一些比较快的，但是全可以归入"直线狂、弯道亡"一类。因为上海高架上基本没什么转弯，难得有个弯，如果超速了或者车的动态发生了一点不稳定之类，下场几乎全是"拿什么拯救你，我的爱车"。

而在北京，我们就是祖先。

首先说，我们那时的技术其实是很差的，唯一可以拿出来在全球范围里炫耀的就是穿车当子的技术，绝对是小到连自己都不能想象，每次都以为车要卡在里面了，还有时候居然能车漆没事但贴纸没了。

这方面的祖先是苏阳和王秀兰。苏阳是极速改装的老板，当时自己改了一辆富康；王秀兰原名王海涛，基本上是比较阳刚的人，但是如何获得了王秀兰这个外号我不知道，开一辆宝马Z3。两人绝对是闲的，每天傍晚四环开始堵车的时候从改装店出发，然后"飞街"去吃饭。饭店老板如果知道他们俩是这样一路高速争先恐后来吃饭的，肯定感动不已。话题基本上是"刚才你有没有看见一辆奥迪在后面跟我飙了一段，后来已然被我废了"，另一个肯定说"我在前头开太快了，实在没看见"。

但是不可否认，两人虽然不具备在赛道上将车游走在极限里的能力，但是在一堆车里钻已经是到达极致。

后来坐了苏阳的车，学了关键所在，然后跟着到达极致的就是我。这其实和技术无关，当你做了一次，你就能做一万次。而且钻当子这事，存在永远的可能性，就是只要你大脑觉得能进去的，都能进去；如果你大脑觉得实在进不去了，还能进去；你的大脑觉得已然撞了，还能进去；基本上在街上因为变线出的事故都属于颤颤巍巍、兢兢业业看了半天反光镜，打了半天转向灯，慢慢悠悠并进去，结果没看见有一车在反光镜盲区里"哐当"给撞了。

后来这个"飞街"的队伍扩大到OP、黄总、银朱、子建、陈龙，偶尔还有加入进来的老颓、于总、梁鸡等人。非常壮大，不以赌钱为目的，全是闲得没事干，可以算是全球最友好的非法赛车组织。

这时候街上已经渐渐开始出现一些螃兵虾将，开着各种好车或者改装了几张贴纸和排气管的号称改装车，我们一旦遇到就群起而废之，并且导致交通的极度恐慌。

这种心理是很奇怪的，我敢说，这里的大部分人都不以参加汽车比赛为目的，也不以锻炼技术为宗旨，只是希望在街上的大家都看我一眼，骂好赞好，都与我无关。

中国还是一个很新的地方，随着经济的发展，改装店的加多，肯定越来越多年轻人在街上飞车。我深知那是一种过程，过程往往是不可阻拦的一件事情。虽然危险，虽然影响他人，但只能让死的去死，让伤的去伤，让怕的去怕，让留下的去腻，让想明白的去参加比赛。这也是经济发展带来的必要东西。

后来大家都在街上慢了。如果没有目标，凡事都有腻的时候。有时候在街上开慢车忽然看到有各种改装车从身边快速过去，总会想到从前在北京三环上的夜半游荡，开着三四百马力的车不放过任何羞辱奔驰宝马的机会。虽然放眼世界，这是一个不大的马力，但是在中国这个刚刚起步的奇怪地方，一辆2.5升自然吸气的还是自动挡的宝马325已经在加速和操控上好过你能看见的绝大部分改装车。

年轻人，谁都希望有速度。在街上，速度是车决定的而不是人决定的，所以在还没能拥有速度的时候，先给我感觉，给我排气管的声音，让我在半夜觉得自己仿佛是一个传说，让我在若干年后新结识一个朋友，聊天之中他说起，有天晚上下夜班开车在三环上，开得也不慢，有个120吧，忽然有一个傻帽开着一个牌照是××××的不知道什么车从我身边过去，速度至少有250！然后我惊喜地说："这世界真小，那个二百五的傻帽就是我！"

天天卡丁

几乎所有的无论方程式还是拉力赛的车手都是从卡丁车开始，什么速度适中适合青少年训练都是假的，最关键的是它小而便宜，而且作为一个小孩，也只有卡丁车能让他踩到油门刹车。虽然这么说，如果真有心练习，破一点儿的室内场地一天的费用也在五百元人民币以上，所以可以见得赛车这个运动在你成为受薪车手前是多么地费钱。你或者你的家人事先必须投入大量的精力和钱来培养你，这种培养还很可能最终只是证明你不能成为一个好车手。

另外一方面，作为卡丁车场的老板，也是非常地艰辛。虽然室内场地3分钟四五十块对于未成年人已经是很贵，但是经营者也很难赢利。你必须感谢他们的不懈坚持，至少，他们有那么大的一块室内的场地，但是没有开成桑拿或KTV，这已经是很高尚的事情。虽然我上海老家附近的一个卡丁车场地最后还是改成了桑拿馆。

先说那个现在的桑拿馆，场地在石化，接近大海，是很大的室内卡丁车馆。有一段时间我几乎风雨无阻去那儿练车。那时候刚刚从学校离开，我怀疑全区也就那么一个与车有关的娱乐场所。随着我与那里员工的慢慢熟悉——换句话说也是随着我花的钱越来越多，我终于知道了哪辆是快车哪辆是慢车。

赛道设计十分简单，几乎全是回头弯。车也十分地慢，直线上没有速度，几乎全是在等待入弯，这样的赛道很快就结束了，最后就看谁能精确到微秒。

当时连同我在内有三个人属于这馆子最快的业余车手。一个是教师，微微发福，可以想象在学校里是多么地儒雅。另外一个职业不详，已经四十多，每天都骑着摩托车来，属于真正的风雨无阻。我是开汽车来的，其实只属于风雨无妨。而且我当时已经有点小版税，所以在精神上，那两人绝对要高于我。

我们三人常常轮换领先。在卡丁车场的大厅上挂有一个成绩表，前三已经挤不进别人的名字。而我和那四十多的哥们儿争夺最为激烈。我们当时开的虽说都是最低级的卡丁车，但是车况有别。所以每次都是大家开一辆车，你开的时候我休息，我开的时候你休息，一辆车摧残一晚上，经常是直到开坏为止。卡丁车场的直线上有一个硕大的电子表随时显示你的单圈时间，这也属于一个很怪的设计，但是着实让人激动，意味着开车的人虽然紧张，但是喝着饮料观看的人日子也不好过。

我的竞争对手是个很有意思的人，他有个还在念小学的儿子，每次爸爸的时间领先了，他总是带孩子过来观战，还时常让孩子自己练习，当然最主要目的是看爸爸如何废了对方。但是每当他名次落后，他的孩子就只能在家里做作业了，老爸一个人在场地上艰苦奋斗，直到圈速再次反超我为止。然后第二天，他儿子又准时出现，所以在他儿子的心目中，他老爸永远是第一。

以前每次要到北京办一点事情之前的一个晚上，我都要去那个车场奋战到半夜，如果是同场竞争，因为我体力和财力比别人好一点，所以最终都能将敌人拖垮。而那单圈最快纪录也因为大家的竞争和车的莫名其妙越来越快被往前推了几秒之多。很多次出现的情况是在去北京前我做了最快的单圈，满心欢喜和满足出发了，回来的时候被告知你的纪录破了，那老师也跑到你前面去了。为了不让更多的人看到我已经掉到第三，我连行李都没来得及放回家，直接奔赴车场，有时候甚至车场还没有开门或者被包场，但是我强烈要求消费，每次都提前开放。

经过了几个小时的历练，我发现车似乎比我走的时候又快了那么一点点，最终我又做了最快单圈，排到第一，但是不久又被超过。当我没有办法进步的时候，车又会快一点点，是个永不结束的圈。

一直到后来一次，我去了北京一段时间，回来发现，这里已经是"中等消费，高级享受""快乐似神仙"的桑拿馆了。而原本空旷随你高兴怎么停就怎么停的停车场，现在也已经停满车。有的人花几百块钱在桑拿馆里洗澡按摩，出门还是如此地空虚，有的人花几百块钱让自己腰酸背疼汗流浃背，却是无比满足。

第二个让我印象深刻的卡丁车场是在北京中央电视塔下面，由朋友胖子经营。同样也是投资巨大，效益甚微，所以不得不依靠酒吧生存。车是一样地慢，但那个卡丁车场的竞争更加激烈，甚至上升到国际级别。应该说这是北京当时最好的一个室内卡丁车场，很多人知道。排在第一的是一个日本人，四个字，名字大气，不似我上回在日本看见的"猪本濑尿"，当时我几乎觉得这辈子的理想就是要超过这人。

那时在北京一起玩的几个朋友几乎每天晚上都要去那里，持续很多个月，在中段的时候，我终于超过了日本人，光荣地得到了第一。但是这车场的排行是一个月一换的，所以会突然冒出来一个家伙排在大家的前面，那家伙自然可能是老板的朋友或者员工的亲人。不过我和老苏在那里的成绩是有目共睹的。

车场经理胖子以前玩摩托，现在因为太胖，在摩托车这种马力和重量比很重要的交通工具上不占优势，转而玩吉普。车是最早的北京吉普2020，应该说假以时日，路边肯定经常能捡到这款式的车。胖子最喜欢做的事情就是吹牛，经常就一个故事吹出不同版本，自然这属于吹太多次自己吹忘了。但是胖子在卡丁车方面还是能够进行初级辅导的，因为据说他本身就是一个卡丁车手，我们都很难想象他开卡丁车是什么样子，肯定完全将车覆盖，只感觉一尊佛贴着地在飘。

胖子经常炫耀自己的战绩和当时比赛的激烈程度，而我们听过的最夸张的就是关于胖子受伤的一个故事，说是在一场比赛里，胖子在激烈的争夺中从车里摔了出去，当时后面的车手就从他身上碾了过去。我们都很惊讶，因为卡丁车的轮子也就月饼盒大小，而卡丁车也就一平方米大，离地距离也就一个厘米，何以从胖子将近半米宽的身上碾过去？若真是撞上，我想肯定是一声闷响，然后撞停。

在北京的这个卡丁车场里，我、老苏和其他朋友扔下大把时间和大把金钱。虽然这是最最初级的卡丁车，但是也聊胜于无。而且这些时间的瞎折腾对于车辆的控制和比赛的线路熟悉都有帮助。遗憾的是，下一步应该是比较专业的室外卡丁车，但是因为没有地方，加上自己终于开始真正比赛，最终没能尝试。

后话是，胖子因为其对赛车和吹牛（这两者往往密不可分）的热爱，最后被调到深圳的卡丁车场，将北方的传奇故事都带到了南方。而这家卡丁车场的地方最后被一家大的电器连锁店收购，变成了其一家分店。

一直到很长时间以后的一天，我还接到一个电话，邀请我去上海郊区别的场地开卡丁车，要把别人的纪录踏平。我想了半天想起那就是在上海时带着儿子一起上的可爱的对手，说是又发现了什么地方新开了一个场子。我非常希望他的儿子最后能够成为一流的车手，并且能意外获得让自己可以跻身高水平比赛的赞助。而他的父亲，我想，作为一个男人，不赌不嫖，四十好几，生活已定，却还有自己的追求和目标，经常开着摩托车几十公里从这个区到那个区去争夺第一，已经是很快乐和很成功的。

滴水湖

在2003年的春天，车假装已经改装完毕。赛车的防滚架是从原来武汉站严重翻车的一辆三菱EVO4上面买的。武汉的那次比赛据说有很多观众，而那辆三菱当时事故严重，从几十万当地农民和几个特地来观看的车迷面前翻到一个渺无人烟的地方，损毁严重，车尾几乎摧毁，车头已经变形，车身也扁了许多。就外观总而言之，就是从一辆三菱翻成了一辆保时捷。

这假装证明，这套防滚架还是有用的。

那时候冬天似乎微微变暖，车队觉得，必须进行一次训练，因为拉力赛主要都在砂石路上，车无时无刻不在侧滑，所以有必要对我们这些没有见过砂石路面长什么样子的土贼进行一些适应训练。

不过无论如何，北京是大城市，在四环以内找到一条砂石路可能性不高。于是我们把目标放到五环内，不幸还是没有。这时候，郊游归来的黄总很兴奋地告诉我们，他找到一条砂石路，非常好，一半沙石一半土，正像WRC世界拉力锦标赛最经典的芬兰站的路面。

我们问黄总，这路在哪里？黄总说，在昌平的十三陵。

我们觉得很好，不是很远，而昌平镇上还有肯德基。

为了确定，我们问黄总是不是很安全，砂石路周围有没有农庄、悬崖、大树之类的让我等技术还不好的撞上去，就会造成严重经济损失的东西。

黄总说："没有，特安全。"

我们问："多安全？"

黄总说："周围全是缓冲区。"

我从没听说过哪个拉力赛段还有缓冲区的。大家都很激动，纷纷追问。

黄总说："那里不光是缓冲区，缓冲区还用了特别好的草。一大片草地，还有上坡下坡，周围没人，进去不远的地方还有铁丝网隔开。路特别平，一个人都没有，想撞都撞不到，各种弯道都有。"

我们更加地诧异。这是什么样的赛段啊！

我们决定不日出发。

后来终于弄明白，黄总看到的是一个高尔夫球场。

世上没有那么好的事情，最后我们不得不去滴水湖。

滴水湖位于北京的最某边，接近河北，从市区开车需要两到三个小时，全程都是漂亮山路。那是有名的地方，因为1999年第一次在中国举行的世界拉力锦标赛（WRC）就是在怀柔，滴水湖是其中的一个赛段。

听名字似乎是湖边的一个赛段，可那是在山上的一段很窄的砂石路。窄到万一对面来一辆车都难以错开车身。现今很难找到这样的盘山砂石路，估计是当地特别为WRC留的，等着万一WRC再来怀柔。

当时所有的WRC车手，迈克雷、马基宁、奥里奥尔都说这里危险。这些都是世界的顶尖车手，什么样的赛段没见过，下去就是百米悬崖的法国科西嘉、新西兰、希腊的赛道都比这高，而且每个人都不会轻言危险，因为每个人都至少翻过十次车。

到了滴水湖，用的就是一两个月前比赛用的三菱EVO5。现在想想当时真是什么都不会，在砂石路上的线位都是完全错误的，仅仅凭着一点控制车辆的能力保证车不会随便失控调头。坐在我旁边的是和我一样当时什么都不会，现在做过我三场比赛领航的宝辉。

我们俩从平地出发，连路书都没有，安全带只勒了肚子那里一条，肩上两条还甩在座椅后面。这种情况不能保证任何安全，只能保证出了事你是死在车里而不是车外面。我们就这样上路了。

我记得很清楚，因为当时车队没有参加过砂石路比赛，所以没有砂石胎，只有柏油胎，而且还很宽。在场地上，为了有更加好的抓地力自然是越宽越好，而在雪地或砂石路上，越宽只能导致轮胎浮在表面那层最滑的地方，没法真正嵌入抓住地面。而那时也没想，觉得滑点就滑点，WRC里不都在漂来漂去嘛。

当然以后知道，这是不一样的，拉力胎的滑动是可控的，而宽的场地胎在砂石路上和在冰上差不多，是不可控的。

不幸我和宝辉年轻冲动，在宝辉的掌声中我就出发了。第一个转弯我就觉得完全地不抓地，如同玩沙狐球一般。车的动态很大，几乎没有直着的时候。宝辉在车里直喊牛，于是我们两个没见过世面的真觉得自己很牛，越来越快，直到山顶。

山顶已经有几百米高，路也就四五米宽。而我的每一个转弯都伴随着宝辉的夸奖，恨不得有掌声从车里飘出来。

上坡和下坡车的动态是完全不一样的，上坡重心在后，相对稳定，下坡重心在前。加上速度自然加快，需要刹车的地方更多，而一刹车，重心更加向前，很容易导致后轮失去抓地力。也就是第一个下坡，我们偏离了安全的赛车线，直往路边滑去。

当时我也没多想，发现救车无用，直接离合和刹车全踩到底。我们的速度不是很快，我感觉车应该在悬崖边上一米左右停下来。结果我低估了我那套轮胎的威力，车似乎没有很快要停下的意思。宝辉终于没有叫出牛，说明宝辉也意识到当时的情况不是在过弯侧滑，是完全失控。

估计从这里掉下去冤死的有不少人，所以不知谁在旁边竖了三个柱子，那小柱子也就小腿粗，半米高，埋在地里也不深。我怀疑立这柱子的主要目的不是为了拦住要滑下去的车，而是可以让人通过柱子的数目知道是不是又有人掉下去了，免得几年都没人收尸。

最后我这边的车门碰到了那小柱子，然后车顶住柱子停了下来。当时情况的千钧一发只能那么形容，转向再晚半秒钟或速度再快3公里，肯定就碰不到这柱子或者连车带柱子一起下去。而且我是不能开门下车的，因为我脚底下就是200米垂直的悬崖。如果当时我庆幸没掉下去马上下车检查车况的下场肯定是马上消失。然后宝辉下车找人，估计得找一段时间才能听到落地声音。

我看看宝辉，说："真他妈滑。"

宝辉说："这胎真挺滑的。哥咱们还是慢点下山吧。"

于是全程我们就没超过40。

后面几分钟赶到的黄总到了那地方发现了四条直往悬崖边去然

后消失在尽头的刹车痕迹，还特地停车往下面看了看。

应该说，错的地方、错的路线、错的轮胎，结果就是掉了点漆还是很幸运。在两年时间里，经历了拉力赛上海的扫树、长春的冲小鱼塘里、龙游的滑沟里、北京的撞山上，记不清多少次的车尾扫在墙上、山上、树上等各种物体上，宝马方程式马来西亚的撞车，日本的高速失控撞轮胎墙，只有那次是危及生命的。虽然那次车没有任何损坏。

给你教训，不给代价。多好。只怕全给你。

上海的初次

经过一个冬天的准备，一切终于有所着落。赛车也已经改好，虽然没有赛车电脑、差速器等东西，但是至少已经有了防滚架，属于已经可以下场比赛的类型。而且拉力赛不像场地赛，是一起发车的，拉力是每隔两分钟发一辆车，大部分观众只能看见一两个转弯，开得好坏不是那么容易分辨出来，所以我们当时都很热爱这运动。或者说，可以事先弄明白你的男朋友、你的女朋友、你的赞助商是站在哪个转弯看比赛的（往往他们都站在一个转弯），这弯你就拼命快点，万一翻了也没什么遗憾，毕竟你的朋友们一辈子也亲眼看不到一次翻车，就当是让他们的人生更加圆满。如果没翻没撞的，那自然很好，大家都觉得你开得很快，虽然回到维修区可能发现自己做了一个全场最慢时间。这样一来你就可以说你躲一狗啊刹车坏了哪儿漏油啦，所以才那么慢。

据说，这就是拉力赛当中的不确定性。就是为什么那么慢的理由太多了，不一定每次都用一个，所以说是不确定的。

在电视上，经常可以看到一个好车手自己犯错没拿名次，从不说这就是犯错，向来都是两手向镜头一摊，说："看，这就是拉力。"就像在场地比赛里，你故意撞人一下，把别人给撞出去了，就说："看，这就是比赛。"

所以，我在场地赛的一年，关于两人撞来撞去撞半天终于出去一个，我听的最多的就是残余下来的那个车手对着镜头说："But，this is racing。"然后维修区里一帮维修工拼命拉着被撞出去的那个说："别去，你打不过人家的。"

都说中国人在带有身体直接接触的运动中不占优势，说的可能就是中国人在方程式或场地赛上面差点，据说为什么巴西传奇F1车手塞纳那么厉害，尤其是在超车方面，就因为他看见谁挡在他前面，不管对方是不是合理卡位，比赛完就冲到对方维修区一顿打，所以打出霸气来了。你想，万一比赛时你在人家的前面，脑子里一想这一会儿比完赛休息不成不说，还要被人打一顿，而且记者观众都已经习以为常，觉得，看，这就是塞纳，所以心里一犯虚，自然不行。

看来，中国人还是比较适合拉力赛。

这说明，车队选择了先比拉力，是很有见地的。那是车队的第一次比赛，上到老板下到车队漆工小郭的媳妇，都兴奋异常。比赛是3月22日，一般都要提前出发，所以大家在3月15日左右就出发了。车队可谓浩荡，除了赛车性能不佳以外，随从车倒辆辆是好车。而车队新买的作为维修车的卡车直接就坏在了高速公路上，所幸它本身就是辆维修车，而且维修队就跟在后面，所以马上进行了一些自我维修。

这次因为我和黄总要提前勘路，所以再提前了几天出发。从北京开到上海大约需要十几小时，是我开得最多的高速公路，来回不下十次，可算驾轻就熟。我们很快先到了上海。到上海是早上，因为据车队老板说，"晚上出活儿"。

到了上海先安顿下来，总部是在万体馆，所以我们选择了附近的一个酒店住下。我和黄总从没见过世面，从没看到过赛道长什么样，所以强拉着老领航郭政去勘路。我虽知道赛段是在佘山，而且我家离那里也很近，但是从不知道从哪儿比到哪儿。2002年去看比赛，也只听见了声音没看见一辆车。

开民用车到了佘山，先吃了一顿饭。路边已经停了各式各样私自勘路的车。在拉力赛里，私自勘路是被组委会最严格禁止的，也是被众车手最严格执行的，尤其在以前的拉力赛，大家都知道不能提前勘路，但因为大家都提前勘路，所以大家都不怕处罚，你抓住我，我把别人咬出来，这样搞一大圈可能最后都没车比赛了。于是一般无论在哪儿比赛前，据当地菜农果农反映，总有一帮鬼鬼祟祟的人，开着车成天溜达，也不是抓超生的，到转弯地方有时候还下来看看，却不偷菜，开车的嘴里念念有词，旁边的秘书拿着一个本子在记。有什么呢，看，这就是拉力。

上海佘山有两个赛段，都不到10公里，第一天顺跑，第二天反跑。路很窄，如果迎面有一辆车，就没办法错车。我们一路勘得胆战心惊，生怕有汽联的人不知道从哪儿蹦出来，说："你已经被我们拍照了。你私自勘路，取消比赛资格了。"完后还得加一句："那个报名费不退啊！"

而我也已经想好应对的对策，我镇定地说："同志，我的家就住在这赛段里面，每天回家不得不从这条路走。"

然后他们肯定说："那旁边刚才拿笔在记东西的是干吗的？"

我就说："你知道，我是个写东西的，我正在口述文章，他在记下来。他是我的助理。"说完郭政抬起头，被汽联认出来，我们就逃。

还好这从来就没有发生过。我们做了两个赛段的路书，觉得这赛段险峻异常。虽然都是平路，但是有的地方旁边有河流，有的地方有墙，还有无数小桥。郭政说："这算什么，我们哪哪哪比赛，那山有多高，车掉下去半小时还不到底。"我和黄总都没相信，我们一致认为，上海是最危险的赛道。这说明，如果让我们两个贪生怕死的第一次就在贵州比赛的话，肯定在私自勘路的时候就吓得退出比赛了。

然后我们在上海溜达溜达，等待大部队的到达。过两天，大部队终于到了。到了之后在万体馆一片空地上搭一个赛车展示的地方。所有的车队都在那里展示赛车，整整三天，还有一个专门给媒体的媒介日。在整个媒介日中，我看见的观众不到百人，媒体不到十家，客流量还没有百米以外的天天旺小吃摊大。我更是没有看见任何一家上海的媒体，毕竟，这又不是F1，上海记者应该只认识F1，虽然他们分不出来雷诺方程式、F3、康巴斯和F1有什么区别，但是那有什么的，那它们就全是F1。

这让我想到之前一个记者说的话，轮胎露在外面的，就是F1，这意味着，一到农忙的时候，田里跑满了F1。

这自然是一个过程，无可厚非，没拿到钱，怎么能报道。

然后我开始感受到紧张的气氛，就是正式的勘路。五十几辆赛车排队，纷纷把这四个赛段每个勘两遍做路书。这之后的第二天或者第三天就要比赛了。

终于，比赛要开始了。我证明自己的心理素质是很好的，因为在比赛当天依然熟睡不起，需人叫醒。什么时间控制点、报到点、到赛段的行驶路段，我一概不懂。幸亏郭政经验老到，只需听听"去""开""停""左""右"就不会错。而领航也是新人的黄总自然就迷失在了上海的高架上。还好黄总最后自己摸到了佘山而不是宝山，顺利赶上比赛。

因为是第一次比赛，虽然开的是N组车，但是发车还是挺靠后，我前面的是一个佳通车队的N组车，在我前面的前面是深圳的徐师傅，开着一辆富士，据说是1998年世界拉力锦标赛的勘路车，但是不管它以前是什么车，现在已经是2003年，所以车况很差。我的车虽然改装很差，但是车况很好，因为以前从来没有参加过比赛。

到了时间，我第一次进了维修区。所有熟悉的面孔已经在那里等候，我受到前所未有的待遇，一到维修区就有人递水果、毛巾，然后赛车就被架起来换轮胎，虽然我现在用的四个也是新轮胎，但是总得做点什么，要不维修工就没事干了，显得不是很专业。马上赛车被换下四个新胎，再装上四个一模一样的新胎。我也茶足饭饱，在维修区向大家展示自信满满。于是我又得到了巧克力苹果等食品。我想，倘若我第一个赛段就冲出去，是不是要把诸多食物还给大家，否则真是没脸见人。

终于我准时停在起跑线上，看见前面的时间表在两分钟倒数的时候突然心生奇怪，想终于开始正式的比赛了，是完全陌生的一个地域呢。

上海第一个赛段的起步以后是将近一公里的大直线，在这段路里最快的赛车可以推到将近极速，我脑子里想的全是在这随后而来的一个"左五收窄小心两侧栏杆"的转弯我应该如何过去，是夸张的侧滑呢还是完美的走线？刚想着，就到了那转弯，刹车不及，痛心错过，幸亏前面也是直路，就是拿塑料带隔离开了而已，要不然就是笔直撞墙。我不得不往后倒了一把车。

真没想到我的赛车生涯的第一个转弯居然还倒了一把车。

不过万幸，这情况就属于只给教训不给代价，或者只是小代价，就是损失10秒左右时间。它告诉我，在正式的比赛里，在接近200的速度下，是很难准确看见要进公园的那个左五在哪里的，而且戴了头盔绑紧四点安全带以后，感觉和平时开车完全不一样，加上刚刚出去的赛车的刹车片也没有达到适合工作的温度。一切告诉我，赛车的极限不是你想象的那么高的。

于是在接下来的几公里中，我顿时泄气，开得没精打采，尽管这样还感觉车是非常地不稳定。后来知道，是因为太慢了，所以不稳定。在SS1（特殊赛段1）结束前一公里的一个左六上，之前的N组车所带出的泥沙铺满了出弯的地方。这属于在拉力里很常见的路面骤然变化，我用的轮胎是几乎光头的场地胎，压到沙土自然丧失了抓地力，直往路边滑去。路边是一片树林，其中有一棵巨大的树，我琢磨着我应该是撞不到这大树的，旁边还有很多可爱的小树，我想哪棵要倒霉了。接着就是"砰"的一声，车侧面撞在树上。我想，完了，这敢情车是报废了。郭政大叫一声"走"，我以为是下车走，差点没解安全带。然后郭政又嚷，给油，我也没想，直接挂挡就走了。

到了终点，我问郭政，这车没事吧？因为这是第一次撞车，所以也不知道能撞成什么样。我想象当中赛车郭政坐的那面已经被摧毁了。郭政说："这算什么，都不算撞，上回我跟×××一不小心翻了几圈，推正以后照样跑，后来还拿了××名。"

我说："妈的我还以为是退出了呢。"

后来我下车一看，也就凹进去了手指大一块地方。心想这车真结实，加上这树真小，我问郭政，如果撞到的是那参天大树呢？

郭政说："一样没事。走你的。"

然后是有一半砂石路的SS2，别的车纷纷用上了拉力胎，我依然"艺高人胆大"，使用场地轮胎。当然原因是车队经验不足，没有拉力胎。于是自然是空前的慢，在一段不算低速的砂石路上几乎可以用一挡。这个赛段慢了最快的要有将近40秒。

终于可以进一次维修区了。对于我们这样什么备件都没有的小车队来说，进维修区的任务就是换轮胎和车手吃东西，如果碰上水箱大漏或者中冷器漏或者避震断了这样的小问题也是毫无办法的。

这是队第一次参加比赛，我感觉维修区的维修工都比我要紧张。车队的老板和经理更是早早盼望，生怕只看见出维修区看不见再进维修区。所以大家看到我都很高兴，我自然是有点头脑发晕，不光没有倒进维修区，还仿佛比赛已经结束，纷纷开始接受祝福，还陶醉在终于回维修区的欢乐里，郭政大叫一声，时间到了，又要出维修区了。

于是又是和上轮相同的比赛，不同的是在SS3，我前面的那辆车不幸退出，所以排在我前面的直接就是深圳车手，虽然说每隔两分钟发一辆车，但是每次发车以后不到一半，我就追上了前面的车，赛段又特别窄，所以根本没有办法超车，只好跟在他后面首尾相接冲过终点。

这样一来，我每次都要被他阻挡不少时间，但是徐总面容憨厚，每次在维修区都主动道歉，又表示他的女儿或者女儿的朋友很喜欢我，使我瞬间打消了使用暴力的想法，想人家也不容易，岁数不小了但还是很痴迷赛车也是第一次亲身尝试，而且车况也不好。

于是我表示没问题没问题，尽管挡我前面。

就这样被挡到了第一天比赛的结束。回到酒店后发现排在N组的第八或者第九。

需要申明的是，那年的N组比起前年的N组已经算是异常强大了，因为前年一共两个车完成了比赛，全N组也没几辆车，而接近300马力的四轮驱动赛车做出来的赛段时间居然还没有只有100多马力前轮驱动的S3组的赛车快。这说明前年的N组简直是个笑话。而去年也就是本文里阐述的那年的N组竞争已经激烈很多，但是因为还没有老外和其他一流车手的加入，所以也算不得什么。这说明，我的速度是很慢的，在当时。

然后晚上大家都很兴奋，因为S3组的车多，黄总也在一个无法被人发现的位置上，但是好歹第一天的比赛以后大家还健在，而且车也没有什么损失，四驱的依然还是四轮驱动，捷达也依然还是三厢车。

晚上开会的时候车队开始下达任务，基本上的大意还是大家依然保持今天这么慢，看看前面有没有什么赛车惨烈退出。

第二天的气氛就轻松了很多，而前面的车手也如同车队的愿望一样纷纷以各种理由退出，所以我怀疑我们在比赛的时候车队也没闲着都在集体进行诅咒。赛车比赛自然是这样，看到前面的车手退出，虽然表面上显得很替他遗憾，但是内心总是因为自己的名次又上升了而隐隐高兴。黄总就是最贯彻这思想的，所以黄总的比赛总是充满了和别的车手不一样的乐趣。别的车手都以自己发挥得很好体会到了人车合一的快乐，而黄总是以看到路边退出一辆车为快乐。黄总的快乐是无处不在的，因为如果有车退出我还要看它是在我前面的还是在我后面的，前面的车退出我就上升一名，而在我后面的车退出就意味着我离倒数第一名又近了一点，而黄总是只要有车退出自己的名次就上升了，所以我能想象在整场比赛里黄总的源源不断的快乐。

于是比赛就很平静地结束，我是N组的第六，第一次参加比赛我对这成绩也没有什么不满意的，车队自然也非常高兴，成绩不错不说，还不用花钱修车。只是我总感觉缺少一点儿什么东西。但是很开心的是，那些缺少的东西在第二年的上海站都找回来了。

龙游和非典

龙游是一个听名字很气派似乎谁都知道但是事实上谁都不知道它在哪个省的一个小县城。它的有名是因为有一个石窟，这就是当地政府很重视并反复宣传的龙游石窟。于是恍然大悟，哦，原来龙游石窟就在那里啊！然后晚上仔细思量，总觉得什么地方不对，天亮清醒了才想明白，自己听说过的那叫龙门石窟，在河南。

龙游的政府十分看重这个洞，一再重申，他们也不知道这个洞是怎么形成的，科学难以解释，真是自然的奇迹。这让人怀疑这洞就是政府出资偷偷挖出来的。

龙游石窟门票50，适合夏天游览，因为洞里除了凉快以外就没有别的特色。但是政府很执著于把它说成世界第九大奇迹。其实无妨，世界上一共就公认八大奇迹，剩下的都是第九大。

但是作为拉力车手，大家都很喜欢龙游，因为这里的赛道非常好，天然的赛道包括一切转弯，旁边还不是悬崖，意思是说可以滑出去，再借助当地警民的帮助推回来。

极速车队到龙游很早，很快感受到了比赛的气息。因为大街上的条幅全是欢迎拉力赛的，比如"辣公公水煮鱼热烈欢迎全国汽车拉力锦标赛在龙游举行"，背面是"凡拉力赛期间一律打八折，酒水饮料全价"。还有当地政府各个局的祝贺，当地各个厂的祝贺，而这些大部分希望可以看到精彩翻车镜头的人都纷纷违心写着"祝愿来自全国各地的赛车手人人取得好成绩满意而归"。

几乎每条街每个酒店门口都挂着条幅，还有农村的路边，上面是"××村祝全国汽车拉力锦标赛圆满成功"，下面是"想要外出打工，至少念完初中"。看着押韵的样子感觉这两个本来就应该是一条，经过多年的失散终于重逢了。

我们在新建成的龙游国际大酒店住下。酒店是四星，拉力赛大会的总部就在那里。而龙游所有的房间已经几乎爆满。酒店旁边就是一个叫"天上人间"的夜总会。因为北京的"天上人间"十分有名，加上大家越传越玄乎，导致在全国各个城市都有叫"天上人间"的夜总会，如果没有，那就说明这名字肯定被哪家洗浴中心给抢先使用了。

时值半夜，我们在街上吃了夜宵。我环绕了一下龙游，发现此地还有很多全国有名的连锁饮食，小县城还是很繁华。只是交通混乱，所有车似乎出厂就没有装近光灯，永远远光，互相迎面晃对方500米，500米内如果断路有条沟，结果绝对是双双掉下去。出租车随地停车不说，还喜欢两车并排聊天，甚至更多，我见过最壮观的是晚上五辆车并排停着群聊，把路彻底堵死。我以为这五辆车是被汽车比赛的气氛所感染，要比试起步谁最快，于是悄然停车在后面观看，停了五分钟才明白是在聊天呢，当时就很奇怪，想如果第一辆车有句话要说给最后一辆车的司机听，这要多长时间才能传达过去。

按了半天喇叭，他们似乎没有让路的意思，想强龙不压地头蛇，调头算了，司机还从车里探出脑袋看着我，估计心里在想这来比赛的真没素质，半夜还按喇叭。

如此快乐轻松过了三天，开始正式报名。而此时北京的非典已经开始肆虐。大家都很担心比赛完了以后回不去北京，因为有各种传闻，有的甚至夸张得很厉害。

在各个中国大城市紧张万分的时候，我们很庆幸在南方这个小城里衣食无忧，生活幸福。

报名很快完成，第二天是勘路。半天时间做完了路书，大家对这里的赛道和安全组织都是赞赏万分，期盼早日比赛。

我们也是白天去各地吃饭，做做足底，溜达溜达，等待开赛。

当天晚上，各大车队的经理都被叫到赛事控制中心开会。我们正在讨论明天巡游谁排前面谁排后面，有人说："你说，比赛会不会取消？"

我说："不可能吧，南方不是没什么非典吗？"

别人也纷纷响应，觉得把车和人运到这里都很不容易，酒店也住了，路书也都做了，该见的也都见了，怎么能说不比赛就不比赛了呢？

十分钟后，得知消息，因为非典，比赛取消，各大车队一律在明天天亮之前离开龙游。于是大家纷纷愤愤收拾东西，结束一周度假，在夜幕的掩护下，数百辆运输车、维修车、赛车、勘路车、嘉宾车通过衢杭高速，再分散到各个高速，回到老家，在老家的各个收费站前被测体温甚至观察一段时间，然后被放进去，在惶惶里等待非典过去。

三个月后，比赛恢复，直接跳过龙游站和北京站，到了长春，龙游的比赛被推迟到年底，亚太拉力赛之前。后来我知道，幸亏比赛推迟。因为车队把上海站的街道用的前面的大卡钳的刹车，换成了配合拉力赛砂石路的小刹车卡钳，但没有换后面的，因为后面的卡钳本身比较小。回北京后发现，因为后面的刹车卡钳还是超出了预想的尺寸，不能装下砂石路用的15寸轮圈，所以如果没有非典，到比赛那天才能发现，我将没有后面的轮子，成为龙游站第一辆还没比赛就在维修区因为轱辘装不上而退出的赛车。

全是直线的长春

经过了几个月的休整和恐慌，非典终于得到控制，各大比赛也相继恢复。我们觉得拉力赛也在望，就是不知道开始时是哪一站。短时间里龙游大家是不想去了，后来接到通知去长春。

大家觉得北京离长春比较近，都驱车前往。事后证明这是错误的，因为路不好走。我决定这次长春去得晚一点，因为我发现去早了也是在那里翘首以盼，同时还浪费酒店钱。于是我用了一个我觉得足够晚的时间到了长春，后来听说那些大牌车手没一个到的，说明我来得还太早，牛的车手都是赶着报名那天到的。我们这种小车队几乎没有什么调试赛车的工作，上站什么样这站还是什么样，万一上站哪儿磕一下，操控上面哪有点不正常，以后就一直这样了，除非什么时候另一边再磕一下给磕回来。简单地说，赛车的表现是很一脉相承的。所以，车队如此早到的主要任务是领略风土人情，最好就是风土稍微过一下，人情要多领略一点。

我们住在长春宾馆。经验告诉我，以城市命名的酒店在当今大多数是好不到哪里去的，因为它势必很老。果然，刚刚办完入住，服务员说："电风扇要明天送来，因为今天用完了。"来自广东的黄总自然是很沮丧，成天抱怨没有空调只有"电风线"，经常催问服务员"电风线"有没有。答案总是没有。现在我想来可能服务员以为是电吹风的线。

长春站是我和黄总第一次的砂石路比赛。之前在北京俱乐部附近的一条500米长小路上进行过突击训练。车队的另外一位老车手张红江，久经沙场，泰然镇定，自顾自地修车。张哥的动手能力是国内车手之中顶尖的，只要不是车架变形，基本上都能让他修出来。但是百密一疏，在上海因为轮胎螺丝断裂而导致轱辘脱离车体，遗憾退赛。所以长春志在一搏。

我在正式勘路前租了当地的一辆出租车。东北人很大方，给200块钱就把车给你开了，不要一切的担保之类，差点连还车的地方都没告诉。我租车的目的是私自勘路，提前把路书做好，因为是新人，所以怕在正式勘路扬灰漫天的情况下做的路书不准确。一般很多车手都租用当地的出租车，所以万一私自勘路不幸抛锚，你能诧异地发现在这等荒郊野岭，迎面居然经常能开过来一辆出租车的空车。

不过那天因为车队提倡的"快乐比赛"，所以除了我和维修队以外，其他车手车队经理等全在进行"赌博"，井然有序分成搓麻将和砸金花两拨儿，我只能再开回去把车还了，等待第二天的正式勘路。

正式勘路起得都很早，因为有规定的时间，我进了赛段吓了一跳，几乎全是能将赛车开到200以上的直线。虽说200以上在场地赛里不算很快的速度，但是在拉力里，可以想象在大家平时去外婆家奶奶家或者学农军训之类的乡间砂石小路，一样物体以超过200的速度从眼前过去，扬起的烟尘要两分钟以后才能下去，是何等壮观。

包括在世界拉力锦标赛里，能将车开到200以上的地方还不是很多，所以再好的拉力赛车最高速度在200上下。那不是马力小，是变速箱齿轮的关系。车永远是这样，一样的马力下，极速越高，加速越慢，反之极速越低，在达到这极速的过程里加速越快。只要换一个民用的变速箱，这些拉力赛车的最高速度都能逼近300。但是在所有的赛段里都用不到那么高的速度，所以一般拉力车的最高速度就是200，但是在这200里，加速是很骇人的。

最后一句话指的是好车。我的车因为用的普通变速箱，再加上了N组车必须要加的一个进气限制口，而且丝毫没有动力上的改装，所以慢得发指。虽说慢，在当时的感觉还不明显，因为是第一次在砂石路上比赛。我看着这满是直线的赛段，满心害怕，同时心想黄总也会是多么地害怕。

勘路结束，我问张红江，一般这样的高速砂石路能开多快？张红江明显没听明白我的问题。我觉得，一定要在一个安全的速度上悠着，不要再快了。这是一个没有答案的问题。现在自己的回答自然是，能开多快开多快。

果然黄总回来后也表达了对这段高速公路的担心，觉得一定会出大事情。其实几乎每次勘路大家都觉得一定会出大事情，因为总有一些危险的地方，大家都觉得这些地方出事能出人命，但是一般这些地方从没有人出事，大家总是在各种匪夷所思的安全弯角滑出去从而退出比赛。

正式比赛我是排在车队前面的车，第一个赛段完成得不快不慢，在N组的中游，我们将中间偏上和中间偏下一律概括为中游，这着实是一个很好的词语。但是具体是中间偏哪儿我就不说了。

第二个赛段就出事了。在一个高速的直线后面是一个紧接的收窄直角弯，在一堆房子和树木的映衬下，我完全看不清楚那弯在哪里，估摸着进弯了倒是挺准，就是入弯的速度太快，车直往旁边滑，旁边是两个小池塘和一辆裁判车。我的车先进了池塘，然后又爬上来，扫到了裁判车，又滑下了另外一个池塘。

和上海站一样，我当时的感觉是，车又报废了。郭政在旁边还是大喊一声，倒！我一脸狐疑，这么严重的事故车还能开动吗？于是我倒了一下，车没动静，我说："车不行了。"

郭政说："你还没打着车呢。"

于是我打着车，可能是美国电影看多了，我感觉车行将爆炸。郭政喊："倒！"

我又试了试，车还是没动静。

我说："郭哥，我们退出了。"

郭政说："你丫没挂倒挡能倒车吗？"

我怀疑自己是撞迷糊了，忙挂上倒挡，车居然轻松倒上来。郭政说："走！"

于是我们又上路了。

车自然是有点影响，后面晃得厉害，我和郭政怀疑是爆胎了，在余下的赛段里开得很慢。到了终点，受到了裁判的很大关照，说："听说你撞了，怎么样？"

我说："轻微，轻微碰撞。"

然后就拖着保险杠回维修区了。

轮胎没有问题，只是拉杆弯了，导致轮胎的定位变形。负责车队维修的经验丰富的姚哥知道没有配件，于是对损坏部位进行了整形，车居然恢复了八成，只是左右弯有点不一样而已，但是基本上能比赛了。在我高兴的同时，噩耗传来，车队张红江的赛车退出了。

张红江一向是把车当飞机一样看待的，每次出发前的检查都细致认真，怎么会在第二个赛段就退出了呢？

车队经理于总露出遗憾的神色，说："不是第二个赛段，是第一个赛段，刚发车50米就因为传动轴断裂而退出，成为中国拉力赛有史以来在比赛中退赛最快行驶距离最短的人。正所谓智者千虑，必有一失。"

于总当时面色难看，因为前方还传来我把车撞毁的消息，而且谣言肆虐，最严重的一个就是说我滑出赛道，车横着撞在一棵树上，并且镶在上面，成了V字形。

我问："是谁说我把车撞成了胜利的代号的？"

于总说："大家都这么说。"

我问："黄总怎么样？"

于总说："还不清楚。"然后又在维修区翘首盼望。

不多时，我出了维修区。第三个赛段自然很慢，因为总担心车有什么隐患，加上撞了以后觉得自己的砂石路开得不好。第四个赛段取消了，因为红河车队的车手在赛段中翻车堵了路。

后来的几个赛段如同梦游，已经记不清楚。第一天回去一看，成绩实在是让人汗颜。黄总也只能用一个中游来形容。车队上下都垂头丧气。

第二天下雨了。长春的赛段是泥路，下了雨以后如同在雪地上开车。加上我们也没有烂泥路用的轮胎，只能走一步看一步。在N组，香港车手陈自华遥遥领先。不过在发车前传来陈自华失踪的消息。大家都很诧异，难道是开得太快，开到另外一个空间去了？不多久，确切消息传来，陈自华的赛车在一片玉米地里被找到。那里离发车点也就3公里。这让大家都隐隐觉得路滑得不行了。

我自然是已无成绩，快慢无妨，以保全赛车为主。一路上开得毫无斗志，赛段成绩甚至慢过几辆捷达。

在漫长的煎熬下，比赛终于结束了。我想，终于终于完了。

比赛结束后，大家都没有去颁奖晚宴，在外面随便吃了点东西，给车队一个成员过了生日，并且满饭店追着扔蛋糕，大家都假装成绩不重要，开心就可以。饭店的服务人员也没有进行阻拦，可能想，这车队拿了冠军，那么高兴，咱不能扫人家的兴。

第一次退出

经过北京的磨炼以后，我对自己信心大增。几个月后，再次回到龙游，又听说这里可能是今年拉力赛的收尾战，作为亚太拉力赛的韶关站据说八成要被取消了，所以觉得可以在这里大干一场。几乎所有人都抱着在龙游大干一场的决心。因为最后一站对积分很重要，而且离明年的比赛还有半年，把车撞成什么样都能修回来。

我很喜欢龙游这样的小地方，有很好的砂石路，而且什么口味都能吃到，又安逸，也可以违章停车。

车队还是保持原样。赛车也是基本保持原样，只是某些修过的地方有点走样。赛前总是很开心，感觉大家都是到这里度假的，只是实在太热，让人想到几天以后要穿着那么厚的赛服在没有空调的赛车里作战就很害怕。黄总起用了新领航小侯，而实干型的宝辉则赠予主力车手张红江使用。基本上就是这个变动。

比赛前的一切很平静。大家也不怕非典再次袭来。因为当时科学家已经研究出非典病毒是怕高温的。那时的龙游绝对属于高温。

风平浪静的比赛就开始了。观众真是漫山遍野。不过也实在可以理解，在那样的乡村，有这么一个比赛，自然要全家出动。而且因为比赛把路都给封了，就算不想看比赛想去城里买块猪肉什么的也出不去。

第一个赛段是短道的比赛，两辆车同时发车。我发挥一般，只是觉得身体有点僵硬，救车有点过。可能是过于争取导致不够放松，那个赛段只排在第七。

接着就是长的赛段。第一段是十多公里，各种拉力赛里要有的都有，是顶级的赛段。之前的路很窄，一半以后突然放到无所适从的宽。我发车后发现自己开得不是很自然，但是毅然决定还是要逼迫一下自己，争夺好的成绩。

过了一个水坝以后是一个下坡的左弯。我过快地入弯，车尾扫出过多，然后回得又过多，最绝的是那路窄不说，我滑向的方向正好缺了一个平方米被种了一棵果树，我的车正好滑下这个缺口，一声巨响，眼前全是土。

但是，在这方面我也算是有经验了。我觉得相比以前，这属于轻微事故。郭政自然是没等土下去就一声命令：倒！

我满怀信心地计算，这个失误损失了至少20秒啊！

车动了一下，然后就彻底陷在土里了。

我下车看了看，车是彻底斜架在坡上。真是难以想出一个把车再弄出去的办法。我安好警示牌，在后面挥绿旗。一旦车手失误以后一定要警示后面的车手，否则万一来一个和我一样失误的，岂不是两辆车架在一起？

郭政还在不懈努力，用千斤顶，用气垫子，让人推，全用上了。时间慢慢过去。我说："郭哥，咱们退了吧。"

郭政说："兴许这车还能出来。"

我说："出来耽搁太长时间了。算了。"

郭政站着看了几秒，决定放弃努力。退到路边山上和老农们一起看比赛。

我看着歪在一旁的车，心想，终于退出一回了。

我不知怎的冒出那么奇怪的想法。

后来证明，在当时，不得不退出比赛了。因为比赛结束后实在没办法把车弄出来，居然出动了吊车，上来后发现水箱和中冷气已经残了。

所有比赛结束后确切的消息，韶关拉力赛取消。今年的比赛就此结束。不想是这样的一种姿态给全年画了句号。

武义坐高手车

经过一年的比赛，对最后在龙游站的时候一头栽在沟里还是耿耿于怀，很想旧地重游。毕竟这是第一次退出比赛。男人总是对任何事情的第一次抱有再来一次的想法。虽然以前的比赛也都有以千奇百怪的方式冲到大小各异的沟里，但是关键是还能爬出来继续比赛，不想那次被一个看上去不是很凶险的沟壑困住，一爬出车头顶上正是一大棵橘子树，难免英雄气短，关键是一年过去，也该训练训练，要不然如何出人头地。

赛车在北京极速俱乐部里喷了点漆，外观上进行了一点美化，决定运出，但是我突然有奇异想法，觉得开着一辆带贴纸的车到处跑不是很好，要低调行事，于是用白色胶布把车上的贴纸喷漆都遮上，花了2000元从北京运到上海。

从北京到上海需要走京沪高速，经过天津、山东、江苏，然后转苏嘉杭高速到浙江。车运出后我正好在浙江杭州附近，就从半途把自己的车劫了。当晚开去杭州同徐浪会面。徐浪是中国顶尖的拉力车手之一，家住在离龙游不远的武义。家门口就是砂石路，练毁了不少民用车辆，幸亏他叔叔开有一家汽车修理厂，还有一亲朋好友做卖车生意，所以正好一个卖一个撞一个修，形成了良性循环。这几年徐浪的成绩也是非常地好，而且经过我的观察，其动作也是最为漂亮的，而且主动失误的退赛率也是最低的，所以觉得坐坐徐浪的车能学会不少东西。

当然这些技术分析什么的都是后话，最关键的是我们俩住得比较近。

在去往杭州的高速公路上，我的赛车出师未捷身先死，过收费站的时候不小心被自动的栏杆把后玻璃给砸了。不光自己要修车，还要赔人一杆，那杆正好把我身边带的所有钱花完。幸好得到我书的责编袁敏帮助，终于免赔杆子。我就开着一辆没有后玻璃的车见到了徐浪，徐浪在国内开车就以勇猛著称，看见我的车还没到龙游后窗和尾翼就已经一塌糊涂，大为吃惊，萌生了原来你比我更勇猛的想法，以为我赶路心切，在高速公路上翻车了。我俩当即惺惺相惜，星夜赶往龙游。

从杭州到龙游大概200公里，这条高速公路我已经开车来回了三四次，我们开着开着觉得车实在漏风得厉害，到了休息站加油时用黄胶布把后窗全部贴死。男人做事自然不够精细，虽说漏风问题解决，但这车的外貌顿时从事故车变成了报废车。

当晚先到了徐浪的老家武义。武义和中国浙江无数的县城一样，不能找出什么特点，在当地基本上大出路只有做生意，从没人想到在这天天山里村里的土路上开车也能开出大名堂。徐浪家在县城边上有一座楼房，其实属于不用交物业管理费的别墅。里面也并非农村格局的两层小楼，居然是中间镂空大厅挑高十来米的富贵式样。客房借宿一晚。

第二天一大早，徐浪便来叫早。这就说明了为什么徐浪的成绩比较突出。因为换作是我自己训练，势必下午起床，天黑才能出发。出了车库门，便看见他的小高尔。

高尔是上海大众比较失败的一款车，原来是在巴西生产，后来拿到中国，作为上海大众下最便宜的一款车来卖。唯一的卖点是这车两个门。但两门的车分两种，一种是比较纯粹的跑车，还有便是某些面的或者轻便卡车，很显然，消费者把高尔归为了后者。不过上海大众333车队还是改装了几辆，车手也都买了用来训练。徐浪的车换了不同的发动机，所以比原装的要快点。

我们先出发去吃了早餐，突然记起昨天半夜还出去一起吃了夜宵，而晚上在杭州见面时还吃了晚餐，不禁感叹这顶级车手的确对食物消耗的要求比较高。见面不到一天，车还没摸到一次，饭已经吃了三顿。

吃完以后在附近熟悉的修理厂换了轮胎，换胎过程中发现大家对徐浪都很熟悉，也没有人对着拉力胎好奇问这是什么轮胎啊长得跟拖拉机胎似的。稍微检查一遍以后，我们就正式发车训练。

在坐徐浪车前，我只坐过周勇和刘斌的车，这两人都是老将，技术也很好。周勇是我的赛车驾照老师，当时没有什么经验，所以坐车的时候是什么都没看明白，坐刘斌车是在半年以后，稍微懂点，但因为我坐别人车比较害怕，所以看了还是什么都没明白；经过了一年比赛，轮到坐徐浪的车，应该能明白了。

很快到一条砂石路上，徐浪指着一个十字路口说："我在这里撞到一个人，当时撞得比较严重，马上送的医院。"我就暗自感叹，代价，这就是代价啊，再想想自己，只不过两年前开车不小心撞死了自己家的猫。差距，这就是差距啊。

系好四点安全带，我们就出发了。眼前是一条高速砂石路，小高尔也能将速度加到160左右。大家不要觉得开160很平常，什么爸爸叔叔在高速公路上也经常开到这个速度。但是眼前的是砂石路，你人在上面跑步太快转个弯都得摔倒，何况是这么快的速度了。对于普通人，把一般在砂石路上比赛的速度减到四成，80%的叔叔爸爸们都会在第一个弯冲出去。所以，很难。

徐浪的第一个弯就让我很诧异，也让我的技术顿时提高不少。原来是要如此早地进弯，而方向只需要回如此小的幅度，车身是如此地横着过弯。我当时的真实想法就是马上把徐浪踢下去自己试试能不能转得那么好。但是我强忍住了内心的想法，而且我强烈地想知道高手是怎样安全快速地跑完一段砂石路。

徐浪的控车和过弯路线都让我佩服。虽然在训练中，并不是十成发挥，但在没有封闭的乡间砂石路上，这样的速度是让人感叹的。我觉得生活在这里的人应该很幸福，因为每天都可以看见全国一流车手驾驶的赛车高速漂移入弯。当然，平时在北京练车的经验告诉我，其实村民们最大的想法是，他妈的，谁搅的那么大的灰。

一段高速路结束以后，我们到了山上，各个转弯都比较复杂。但是我很诧异地发现，几乎在每个眼睛看不到的转弯，赛车都是紧紧贴着弯心侧滑过去的。在佩服别人好技术的同时不得不佩服徐浪好运气，这么开怎么能没撞上个生物呢？按照俗话说，几条腿的什么不好找，两条腿的人多的是，徐浪这样的开法，按道理应该是早在牢里了，怎么能出现在全国拉力赛上呢？

我突然想明白，物竞天择，适者生存，随着徐浪练车的频繁，致使当地的人文生态环境产生了变化。可以想象在当地，有专门的人每天负责站在山头瞭望；并且可以想见，在我们上山前，各个村落里已经发出过预警：徐浪要上山了。

不管怎么样，这一路的确很顺利，我也见识了他过每个回头弯的准确和利索。很难想象他是如何做到每个转弯都那么精准。途中，在一个盲弯出现了一个估计没有听见预警的老太，车轻轻一避让，就紧贴着老太过去。的确是好车手的心理素质。只是大家不要把这事想得太容易，在街上的确是轻轻一动方向就可以避让，但是在山上的盲弯里，车还是在侧滑的状态的确没想象的简单。我是越坐越过瘾，心里暗暗分析，徐浪的开法是如何地富有观赏性而且其实很安全……这样的控车是很难出事故的……

徐浪突然慢下来说："我前两天在这里翻车了……"

第一天的收获比我参加全年比赛还多，因为你已经经历了做一件事情的磨炼，做好了一切的准备，而瞬间突然知道了做这件事的方法。

第二天出发前往比赛的地方龙游，我马上就去我上次退出比赛的地方参拜，仔细研究，并确定了我先前的想法——本来是可以留在赛道上的，如果按照路的原本宽度。可是在出弯的地方，一个老农挖掉了一块地多种了一棵橘子树，而我，正是从这块缺了一块的地方滑了下去，靠在橘子树上。真是英雄气短。

在龙游正式的赛道上，徐浪用的是我的三菱EVO5。可能是我的车本身就比他的高尔快不少，或者是开别人的车都比开自己的车快，今天我感觉速度还要快不少，尤其是弯心速度。而在大直线上，我们一直没有超过160。一来是为了安全，二来是徐浪说我的车的比赛用避震器很差。说实话，我一直没感觉到它差，虽然我知道它不好。看来高手用车是比较尽。

我不由得愧疚难当，难道去年一年我不是在比赛，都是在开车逛街吗？而且逛街还逛得退出比赛。

晚上徐浪去外地参加短道比赛。我就开始了10天的自由练习。

记我的朋友黄总

我去北京以后不多长时间，就看见了传说中的黄总。黄总叫黄旭明，广东人，文化程度就不说了，稀里糊涂来到北京，在站稳脚跟以后时常感叹人世间的事情奇妙啊，原来在广东的一个好朋友，和我一起放牛的，就没有来北京发展。

我们就想，北京有地方放牛吗？

黄总说这放牛的哥们儿不专心放牛，空旷田野，四下无人，放着放着，把村里某某某肚子给放大了，不到二十放出个孩子，只能放弃和黄总一起闯荡北京的想法，这牛郎就承担责任，娶下织女，在家里看孩子。

黄总是中国最早一批学美容美发的人，到北京开了不少美发店，手艺不错，早期还帮助一些中国本土歌星做头发，从而发家。而在现在的有名美发店里，有技术好的大师傅，有资格老的老师傅，黄总假装是又大又老的师傅，功成名就，悄然隐退，成家立业，忘记老本，现在估计连秃瓢都剃不好。

但是黄总还是有辉煌的过去，他说："你们到北京有名的店里，只要说我黄旭明，没人不认识。"我们都很开心，想今后剃头是不用花钱了。但是后来据别的朋友反映，真实情况是没人认识。黄总不服气，把我们带到一家朋友的店前，指着挂在大门口外墙上的照片说："看，我。"

黄总先前开一辆捷达，总觉得自己的车不够个性，加上自己做头发多年的经验，总把车想象成别人的脑袋，想怎么搞就怎么搞，完全不把警察和国家的法律放在眼里，包括私改车标，在车上装伤及行人的饰物等等。这些都需要铺开来说——

黄总刚刚开始改装汽车的时候，总是把它向装甲车方向发展。第一次看见黄总的车大家都快昏过去了，只见在车的机器盖上耸起三座大山，造型和金字塔完全无异。而其状之大，让人怀疑他能否在车里看见路。我坐进去后感觉看见路是不可能了，努力一把可以看见红绿灯。黄总对此十分地自豪，总是吹嘘如何把铁皮之类定型。看来做头发的的确是比较讲究定型。

我们很诧异的是，这样的车头，如果不幸撞到人，那人岂不是直接能戳在上面，也不用下车把人搬车里送医院，直接戳着开到医院抢救就可以。难道首都的警察看见这样一辆车就没有人拦下查处？我怎么都想不明白，我怀疑警察也是一时没想明白，还没看清楚是车还是犀牛，黄总就过去了。

后来不知不觉，那三座大山不知道是被风吹走了，还是黄总自己觉得实在看不见路给拆了还是怎么的，忽然就不见了。我们都很开心，觉得黄总的品位提高了。结果第二天，黄总就顶着一鸟开过来了。

所谓顶着一鸟，就是说，举凡比较豪华的汽车，车头总是竖起来一个标的，劳斯莱斯的银天使、积架的豹子、奔驰的三叉星之类，黄总可能觉得捷达过于平淡，就直接升级到劳斯莱斯，但是没有弄明白劳斯莱斯的车标是一个双手向后张开的天使，只以为是只被吓着的鸟，就在哪家装潢店里买了一个鸟装在车头上。

我们都表示，黄总，你一定要把这麻雀给扔了。

后来黄总还自己从广东带回来过莲花尾翼。我们都怀疑那是丫从某个庙会上买回来的。总之，黄总为怎么把长得像块砖头一样的捷达搞得与众不同花了不少心思，而最重大的一个想法是黄总在参加比赛以后同我们说的。

有天黄总突然说："我其实特别想把我的捷达改成敞篷车。"

我们都很震惊，问："怎么改啊？"

我们这话的意思是没有办法整了。黄总以为我们在问他的想法，说："就是把顶让小武给锯了，加焊一下。"

我们问："那下雨怎么办啊？"

黄总说："下雨就不开出来。"

我们问："那万一开出来下雨呢？"

黄总说："那就撑把伞。"

我们问："就这么容易吗？"

黄总叹口气表示，其实没那么容易。自己想了很多，比如下雨虽然可以撑伞，但是下大了车里就全是雨，万一没到胸口可以想象有多么难堪，就仿佛洗澡洗一半开着浴缸出来了。所以，黄总的设计是，在下面设计一个塞子，下雨了就把塞子拔掉，然后尽可能快地开回家。

最后我们问："那怎么没有弄成敞篷车啊？"

黄总说："最后我仔细想想，捷达有四个门，我想把它弄成两个门的，办法就是把前门和后门焊起来。"

我们说："那不挺好，就焊起来呗，怎么最后没开工啊？"

黄总说："你们真笨，这根本是不可能的，焊起来了那我的车门就太长了。"

对于后来的赛车，黄总可以算是执着，每一站都没有落下。近的就在家门口北京，远的一直远到贵州，中间的像上海就自己开过去。用的车就是幸亏没改成敞篷的捷达，并且两次在北京拿到奖杯。怪的是，在几乎所有车都完赛的情况下他的车就是坏了；而在因为路太差，一大半连同大车队都全军覆没的情况下，黄总居然都能回来。最郁闷的一次是在浙江龙游，发车50米就因为传动轴断裂退出。黄总英勇退出以后还是显得很专业，打开机器盖拼命看是发动机哪里出问题了，坐在旁边看比赛的一个老农盯了半天实在看不下去了，说："喂，你看轮胎那里，东西都掉下来了，还能开得动吗？！"

每次外出，黄总平均都要闹一个经典笑话，而且是传统无疑。第一次就是在第一年全国汽车拉力赛上海站上，当时赛车的展示区和维修区都在八万人体育场里，体育场的设计就是一个圆形，我们从赛车维修区出来，绕着体育场买领航计时用的电子表，走了一圈以后，回到了维修区的那头，黄总突然脸色苍白，激动地说："看，这里怎么也有一个赛车维修区？"

去年年底的时候，央视五套做了黄总的一个纪录片。纪录片从很久前就开始拍起，估计是一个类似《北京人在纽约》的题材。虽然摄制组是偶然来一下，但都来的是时候，使整个纪录片看上去好像花了大力气，黄总做头发的那段时候、黄总改车的那段时候、黄总迷茫的那段时候、黄总赛车的那段时候，全赶上了。虽然是每段一次，节目也不错，摄制组也明显比跟拍一个种黄瓜的每天去拍，拍了四年还在种黄瓜那种摄制组运气好多了，好似记录下了黄总的全部生活和全部生命。

片子居然是大年三十晚上首播的，感觉好像是要和央视一套的春节联欢晚会竞争。片子的名字叫《小黄的极速追求》，乍一听以为是讲一只跑得很快的黄金猎犬。片子有很多人看到，都被黄总的努力追求和摄制组的几年如一日（其实是几年拍一日）所感动。虽然大家纷纷反映，看到的是重播。

黄总已经有一定岁数，要称霸中国的拉力赛已经不可能，黄总也没有什么野心，人世间的事情，没有野心就容易开心。所以黄总一直很开心，拿到奖杯就很开心，成绩永远是比快的慢，比慢的快。虽说赛车谁都希望赢，但是不一定第一名就是赢。自己喜欢它，自己还同它一起，那便足够。

我的朋友宝辉

宝辉的全名是白宝辉，在第一年比赛的时候是黄总的领航。黄总的全名是黄旭明。他们两个人的名字贴在车后窗上绝对是一副工整的对联。缘分哪！

宝辉原来在北京极速俱乐部帮助老板做点儿招待工作，然后就是陪同老板"飞街"。宝辉绝对是狂热的汽车爱好者。先前开一辆捷达，也对其进行了一系列小改装，但相对黄总的捷达，真是属于捷达的两个极端。后来突然在某一天，宝辉开着一辆蓝色的POLO

就过来了。其换车之毫无动静和想法的飘忽让人难以理解。

宝辉对这辆POLO爱护备至。但是和黄总不同的是，他的车实在是没有什么可写的，因为宝辉已经进入了改装的高级阶段，就是什么都不改装。当然原因是因为宝辉的经济情况没有黄总好，属于娶媳妇正好没钱办事那种。宝辉换了POLO以后，开车的风格顿时温柔了不少。宝辉说他要温柔5000公里，因为要磨合。

可以想象，在这5000公里内，宝辉是多么地胸闷，看见街上很多车互相飞来飞去，宝辉必须强忍住内心的欲望，并且不断想，过了5000公里，我就露出真面目。宝辉就抱着这种康熙微服私访的心理郁闷地把车开过了磨合期。

没过几天，宝辉垂头丧气地说："这POLO怎么还没我的捷达快啊？"

我们说："废话，POLO的发动机排量就要小不少。"

于是宝辉又消沉了不少时间。然后又是突然间，宝辉开着一部新的一汽大众的宝来1.8T出现在大家面前。当时这车已经是国产车里最快的了，但是价钱也不便宜，大家都问宝辉怎么回事，换车都没有通知组织。

宝辉笑而不答。不过还是很可以理解，这款车动力很不错，自然吸引宝辉，最关键的是，这车的车名叫宝来，这明显是勾引宝辉过来的意思。

后来随着车队开始参加全国比赛，宝辉就开始做领航员。第一年宝辉的搭档是黄总，车队则将老领航郭政给了我。宝辉给黄总领航要比给我领航累很多。原因是我的车有通话器，而黄总的车没有。大家不要小看这车手和领航间的小通话器，因为赛车是没有任何隔音措施的，而且还比普通车吵了很多，再加上是跑砂石路，所以如果没有通话器的话，除了发车的时候车手能听见领航的"五、四、三、二、一"以外，其余时间是什么都听不见的。宝辉的超大嗓门也只能让黄总听得像天边的声音。再加上黄总的车虽然不是全部赛车里最快的，但绝对是全部赛车里最响的，并且没有人知道原因。黄总在赛车场试车大家都会以为是一辆F1在暖胎。

在这不利的情况下，宝辉想到了除了一只手要拿着路书以外，自己还富裕出来一只手。于是宝辉还辅以手语，大拇指往左然后竖起四个手指就说明前面的转弯是左四，黄总也是心悦诚服。这画面常让在外观看比赛的观众感动不已——真是不容易，一个哑巴一个聋子，还参与比赛，真是人残志坚。

经过一年比赛后，宝辉第二年成为了我的领航。黄总也起用了新领航小侯。至此，黄总已经在一年多比赛里用过了三个新领航，堪称领航之母。

我和宝辉的配合也不错。因为之前宝辉已经和我在滴水湖差点失控翻下山过一次，所以大家都抱着死过一次有何惧矣的心理参加比赛。

比赛了几场，宝辉发现一个规律，只要夸我一次"牛"，100米之内我肯定要撞车。撞车的严重程度取决于宝辉喊的是"有点牛"、"牛"，还是"太牛了"。于是宝辉控制自己千万不能夸奖我牛，从那以后，宝辉几乎从来没有用过"牛"一词。直到去年亚太拉力赛之前，宝辉在韶关坐了一次拉力高手华庆先的车以后，回来才敢偷偷同我和黄总讲："牛，真是太牛了，华哥开那短道真是牛大了……"

第三天正式比赛，才三个赛段，华庆先就退出了比赛。

第三年，我加入了新车队，也安排了新领航。黄总对宝辉很是想念，觉得还是初恋最美好，马上将宝辉召唤了回去。这张执着的面孔得以继续出现在国内的拉力赛中。

第三年的年中，我们车队组织了给新手参加的横滨轮胎POLO杯，我正好在北京办事，吃饭期间，黄总宝辉郭政都在。经过我的鼓动，黄总春心大动，想自己还没有登上过领奖台，倘若参加这个全部由新人参加的比赛，岂不是很有希望？吃饭期间，黄总对POLO杯显得非常关心，表示虽然囊中羞涩，但是也要尽量参加。

但是，黄总显得很没有职业道德，丝毫不关心场地赛和拉力赛的技术差别，而是一再打听到底参加比赛的其他车手水平低到什么程度，如果不是低到一个极限，他就不出赛。并且表示，他要考虑三天。

过了三天，电话打来，不过不是黄总的，是宝辉的，宝辉坚定不已，说："我要参加POLO杯，我下礼拜就去上海参加赛手培训，你要教我。"

几天以后，宝辉坐火车到上海。当天早上就赶到了赛车场。我说："宝辉，你好好学，先要拿到赛车执照，然后比赛一定要拿好名次。"

赛车执照应该是王睿同我一起培训这些学员，但是因为我下午有急事，而且下午我也没有什么要示范的，就先离开了。不到一小时，收到宝辉一条短消息：

寒韩，我给你丢脸了，王哥把我开除了。

我捧着手机半天没看明白，打电话过去问才知道原来是宝辉在要求慢慢开一圈的时候就已然冲出赛道。我说："宝辉，没事，我跟王睿说一声，你也给王睿道个歉，然后好好学，别一开始就那么猛烈。"

宝辉哭着说："不了，我回去了。比赛不参加了，我看看这里都是开得不错的，大家都要参加比赛的，我琢磨着自己也没好成绩，而且最近困难，比赛的钱都是借的。不参加了正好去还了。"

我说："不行。来都来了就不能回去了。"

过了半个小时，宝辉又发来消息：寒哥，王哥又让我学了。

不幸的是，宝辉虽然安全毕业，得到了比赛执照，但是经过反复的比较和思考，还是决定不参加第一场POLO杯的比赛。宝辉说："这形势太乱了，新手里也有不少高手，我决定先看看形势以后出场。"

宝辉采取了敌在明处我在暗处的姿态，其实是很无奈。宝辉说："第二场，第二场一定参加。"我真切希望做了十多场拉力赛领航的宝辉能自己给自己领航这第二场。

赛季结束以后，我和黄总等人百般无聊，并且各自经过了一些不成系统的训练，包括在脑子里和在嘴巴上的训练以后，总是期待实际的比赛。但是大家几乎都没有钱再去运车、报名、修车。在这样百般矛盾的时候，突然冒出一个全国的锦标赛——汽车短道拉力赛。而且第一站的场地还是我和黄总学出赛车执照的母校里的一个训练场地。我和黄总对比赛场地再熟悉不过，自然马上交钱报名。

纷纷比赛，齐齐淘汰

在中国，通常在一件比较成规模的事情之前都会出现各种匪夷所思的谣言。当时比较大的一个谣言是可以自己带车参加比赛，而且是任何车。我自然很开心，偷偷打如意算盘，在北京最多就两人有N组的四轮驱动赛车，我有一个，而另外一个未必会知道这个比赛，就算知道也未必在北京，就算在北京也未必参加比赛，这样，那人参加比赛的概率几乎为零，所以全场就只有我有一辆280马力的四轮驱动赛车。别的N组车队都远在云贵高原，也不可能把车运过来，这样一计算，原来我就是全场的冠军。

于是比赛报名规格出来前的好几天，我一直很高兴，虽然开着和别人级别不一样的车拿到冠军是一件不光彩的事情，但是我的千千万万读者们未必会了解这事情的详细，而且几十年过去以后，我和我孙子说这事时，谁知道这背后的……

两天以后，噩耗传来，使用统一车辆。比赛车辆为富康。我的组别单车冠军想法破灭。而本来要陪我上天入地的黄总，找了一个我现在已经完全忘记的莫须有的理由退出报名。事后证明黄总的比赛当天不在场理由十分站不住脚，因为比赛那天黄总居然亲临现场观赏比赛。

黄总的顾虑是应该的，因为比赛会由北京电视台全程直播，而比赛的形式是两辆车一起发车，在一个分内外圈的砂石短道上当场分出胜负。黄总风流倜傥，社交甚广，如果跑最后一名，影响自然十分不好。但是，事情不能想太坏，那也有第一名的可能，虽然场上有周勇、徐浪、任志国等冠军车手，但一辆车由那么多的部件组成，所以不排除出点严重故障的可能。而且黄总的整个计划其实是周密的，因为他知道他与我的差距，加上比赛有两场，所以可以根据我比赛的成绩推断出黄总比赛的成绩，这样黄总就可以决定比赛的时候要不要通知他的朋友观看电视。

比赛是一个周末。现场来了不少人，但基本都是车手的亲戚。比赛的车手一共有32个，初赛跑两次，选出最好圈速的16个人进入半决赛，然后实行一对一的淘汰制，第十六名对第一名，第十五名对第二名，以此类推。

我抽签的结果是对一个没怎么听说过的车手，其实初赛两人的胜负不重要，如果都够快，两人都可以进十六强。我发车是在外道，跑一圈外道以后我要在发车处进入内道，而内道的车手会进入外道，两车在一个上下的小立交桥上交叉……大会是这么说，具体原理我到现在也没弄明白，为什么两个车跑完一道后能换到另一道，而且不会中途撞车，并且互相不干扰。

正式比赛开始，我在外道领先很多，在经过观众区的时候我还抽空找了一下黄总，然后视线再回到赛道上，该跑内道了，我一头扎进内道，现场顿时有不少人起立，我想难道是切弯之准动作之美让大家叹为观止？拐完内道第一个弯以后，我觉得这弯怎么如此地熟悉，似乎自己已经拐过一遍了……难道这就是完全地进入状态吗？所有各种各样的转弯在我眼里都变成了一样的转弯……车身完美回正以后，全油门下了桥洞……太牛了，不过这桥洞好像也开到过……

我终于冷静下来，默默把车停到路边，向观众挥手致意。汽联的老陈说："你是参加过正式比赛的车手中唯一一个跑错道的，你为什么跑了两遍外道？只好取消你的第一轮比赛成绩。"

回到观众台，黄总一脸的疑惑。其实他没在疑惑我为什么跑错道，疑惑的是我没有比赛成绩，所以他就不能给自己排名次。

简单用餐以后是第二场。第二场我还是对阵一个无名车手，这次我小心翼翼没走错路，但是因为我从来没有开前驱车参加过比赛，而且富康车的挡位容易掉到空挡的特性我也不了解，在颠簸里我掉了三回挡位，有一次几乎停在路上研究出了什么问题。但是最后还是以不少车位的优势战胜了另外一个车手。

但是战胜谁不重要，重要的是我耽误的时间太多了，而十六强是根据做出的赛段时间来排的。我心里还在为掉挡的事情不悦，而黄总已经适时了解了情况给了安慰，所以我想，被淘汰了也没什么遗憾。

说到这儿说个题外事，我今年春节和家人一起买烟花爆竹，挑了花花绿绿一堆，估摸有个几百块钱，家人说最后的价钱最好是个双数，而且不要带4，过年图个吉利。我突然心头笼上不祥预感。最后老板娘说："444块。"

这事情要表达的意思是，在小事情上我一直是很倒霉的。成绩发布的时候，忽然间同样感觉出现了。我知道完了，看看最后几名，还好，不是我。看看前面几名，自然没有我。我正找得郁闷，黄总在旁边说："里看看，里看看，里怎么系第袭七名啊！"

差前车0.01秒，十七名。不过我马上想通了，如果是十六名的话半决赛也是跟第一名，胜算不大。想虽这么想，遗憾还是有，车由那么多部件组成，如果第一名坏个什么的……

第二场。规则和上次一样。参赛者增加两位，是参加专业车手组的黄总和参加业余车手组的黄总的领航白宝辉。但是大家都穷得厉害，觉得租大会的车太贵，而这场恰好又可以自己带同一个等级同样排量的车，所以大家都决定轮流摧残黄总的老捷达。

抽签开始，我还是和两个没名车手；而黄总，上帝慷慨地给了他一个锻炼的机会，他抽得第一轮对徐浪，第二轮对文凡。两个都是得过冠军的车手。我说："黄总，你运气好啊，上天给了你两个爆冷的机会啊。"

黄总冒汗点头说："系啊系啊。"

我是第一个出场的，白宝辉和黄总都很紧张，我发车前他们一直叮嘱我要小心，这两位朋友从来没有这么考虑过我的个人安危，我十分感动。事后冷静下来我才想明白，他们这么紧张的原因是，万一我第一场把车撞毁，他们俩就没车开了。

黄总的车况很不好，离合器严重打滑，损失了很多动力，而且悬挂也有大问题。因为对手比较弱，我还是轻松赢了。

轮到黄总。黄总表示，遇到徐浪，反正没有胜算，不如放手一搏。听得宝辉心惊肉跳。

遗憾的是，黄总一搏没有成功，以比较大的距离落败。

宝辉对手冲出赛道，宝辉不战自胜。

但关键的还是比赛时间。黄总不是很理想。我的时间比较邪，第十七名。

下午还有一次机会，我还是战胜对手，黄总还是遗憾没有爆冷，宝辉的成绩因为我和黄总太紧张自己，所以都忘了。成绩表发下来，黄总这下从发挥不理想到了发挥正常，因为和上午名次一样。我发挥尤其正常，排名极其稳定，第十七名。

居然只有宝辉进入了业余组的半决赛。

半决赛在第二天举行。我和黄总万念俱灰，双双没能起床。正好车队老板苏阳从外地回来。本来以为我和黄总这两位主力车手都能出线，结果全部被淘汰，而作为领航的白宝辉是唯一一个给车队长脸的。所以我们叮嘱苏阳代表我和黄总一早就出发去为宝辉加油。

宝辉虽然进入半决赛，但因为名次比较靠后，所以是和前面一两名进行淘汰赛，为了减轻宝辉的压力，黄总表示，撞毁赛车也可以。中午起床，我打电话给苏阳。苏阳说："我起得已经够早了，结果我还没开到赛场，就看见宝辉已经开车回来了。那肯定应该是淘汰了，而且车屁股还撞歪了。"

这是宝辉第一次正式参加自己驾驶的比赛，两年过去，他还对自己是怎么失控上桥并且高难度地把车横过来卡在桥上难以忘怀。每次说起，手舞足蹈。黄总已经不愿意想起这次经历，而我只能说我发挥超常稳定。

无比艰难的北京赛事

龙游坏车以后一直没有新的发动机。车基本上就是拖来拖去。而各地发动机的报价也很混乱，由1万到20万不等。但一样都是4G63CP9A的发动机。贵的都是据说经过欧洲某国的强力改装，但是肉眼也看不出来，便宜的自然有各种便宜的理由，比如车主把车开得镶在电线杆子上报废了，但是发动机还健在之类。选择一个着实很难。

北京极速车队从这站开始彻底退出了中国拉力赛，虽然措辞是暂时告别，理由是转而全身心地投入场地赛。可能大家觉得场地赛比较好拉赞助。这自然是让人感觉很伤感的一件事情，不过因为车队没有赞助，已经很难再维持下去，如果我再把赛车开得有个三长两短，修车的钱都未必能有。而且我的赛车是全中国N组里最破的一辆，这是毋庸置疑的，车架也已经有所变形，避震器的寿命也到了，发动机本身寿命也差不多了，在龙游彻底坏了也算踏实，水箱中冷器全车胶套什么的都已经到了一定要换的地步。

不过"一定要换"和"一定换"是不一样的，前者只是一个愿望而已。在北京站比赛前几天我向红河拉力车队买了一个发动机，并且把车拖过去换好。同时米其林赞助了我十来个轮胎。无论怎么样，车至少是能开动了。

比赛时我和黄总各忙各地修车。黄总的捷达老迈加老坏，基本上坏得最多的就是发动不了车了，而且都是赛前。这也让我挺郁闷的，因为平时这车在训练的时候都挺正常，一到赛前就紧张得打不着火。所以黄总在赛前一般研究的都是怎样让车启动起来。那老迈的捷达还算争气，每次真搁到发车线前倒是真能启动，但是一般在第一个赛段将近结束的时候会供油不畅，然后在第二个赛段彻底无法前进而退出。这已经是一个惯例。我无数次在重复第二个赛段比赛的时候能看见黄总和领航小侯站在路边，混杂于当地老农之中观看比赛。然后一般就是没几公里我车坏了退出。

这次黄总比赛前还是在捣鼓他那启动不畅问题。换了不少东西。好在捷达的东西满街都是，因为黄总的赛车和北京的出租车是一个车型，所以维修极其方便。我个人觉得黄总的车一直没修好是因为他太把自己的车当赛车了，如果当出租车修就早修好了，至少能完成比赛。

我的车就没那么好修了。先是在红河换了发动机以后去勘路。但是勘路前没有汽油了。有车队自然就用车队的比赛汽油，可是我和黄总就不得不去加油站加油。但是这方圆100公里没有一个好的加油站，根本找不到97号汽油，更别提98号了。我们找到的加油站只有93号汽油，没办法也只好加满了。黄总的车没事，因为出租车本身都用更便宜的90号汽油或者烧气，加93号已经是细粮了，虽然比赛的车用的都是标号过百的赛车专用汽油。但是我的车就出了点问题，我感觉发动机的一个汽缸好像不工作了，而且油路似乎也堵塞了。幸好车从作为比赛赛段的北京海淀区的深山老林里开出来了，否则真是难以想象怎么样把它从这与世隔绝的地方弄到现代社会去。

随后我开了很远去极速改装店修理。主要也无非是把喷油嘴取下来洗一下，再四处看看有没有什么明显要掉下来的地方，然后再装回去。但是极速那边场地赛用的小车刚刚到，大家都在抢着改装，所以我就把车开到一店之隔的旁边一家做汽车保养的店里。因为这是最基本的工作，只要有工具哪里都能做。唯一的区别就是极速那边不用给钱，而这家店里要给100块钱。

整个油路的清洗持续了几个小时。为了让油路更干净，我还赶在三菱修理厂关门前去买了一个汽油滤清器，换下车上原来那个旧的，再把空气滤清器拆下来，在地上拍拍干净权当是赛前的保养。然后还假装做了一个四轮定位，因为一场比赛连赛前试车下来，比较专业的车队都会给车做两三次四轮定位，以确保车的四个轮子的前束倾角在规定的数值上。试想如果四个轮子都往四面八方撇着，那如何比赛……我的车从比赛到现在一年半也没做过四轮定位，但是在这种保养店里也没法做，因为机器里没有这车的数值，他们就没法调，而且我的车的悬挂胶套都已经变形，四轮定位已经没有办法矫正了。

尽管这样，我还是花钱做了一个四轮定位。真不知道自己是怎么想的。这就像给一个死了两天的人做人工呼吸一样。

在半夜前，车似乎是能开动了。我上车试了一下，感觉到车的涡轮增压器有点问题，因为车发力很晚，一般N组的赛车都在发动机3000转左右发力，我的得要5000转才有感觉。虽说一样都发力了，但是到6000转就要换挡了，所以可以用的发动机转速就很少，而且在路况复杂的拉力赛里，很难这么精确地控制发动机转速。

涡轮增压器是N组车为什么动力那么大的根本来源，一个排气量为2000cc的四缸发动机，接近300马力，这样的马力一般要4000cc的八缸发动机才能达到。其中全是涡轮增压器的功劳。不过这也不能怪车，因为毕竟N组赛车的涡轮增压器是一个需要经常更换的东西，我的车是1998年出厂，六年没有换它了，再不出问题就变成妖怪了。

但那天试车是大半夜了，加上红河那个发动机本身就不错，所以尽管问题一堆，车还是显得挺快。而且好似突然回光返照，车的操控感觉也不错，虽然方向左右有点不一样，但是至少还有左右，所以我和我的朋友都很开心。我说："拿国内的前三没问题。"

下半夜就是给车贴米其林的贴纸了，这也比想象的要困难。因为要做一个全车的车贴。到天亮，车终于贴好。从100米远看，这车还是很像赛车的。为此我很开心，马上开回了在很远地方的靠近比赛场地的宾馆。

稍微休息一下以后，我和黄总在路边买了一点儿樱桃，继续修车。黄总要买一个匪夷所思的零件，要去一次汽配城。米其林也先送来了几条轮胎，我要将它们装到轮圈上并装到车上，下午发车仪式的时候必须要弄好。

这又是听起来容易做起来难的事情。把轮圈装车上容易，但把轮胎装轮圈上就很难。因为拉力胎本身就很硬，没有哪家店愿意冒着损坏装胎机的危险支持赛车。如果自己装那一辈子都装不上去。还好海驾车队能帮忙，不幸的是装了两条以后他们机器的卡口也报废了，所以我不得不和黄总一起去汽配城看看有没有好心人愿意帮忙。

到了那里装轮胎很顺利，因为那店也不知道装这轮胎危害比较大，直接就给装上了，而且装完以后机器还活着。但是我突然冒出一个想法，就是要让这车变得美观大方，因为就现在这样子实在太丢人了，车屁股上还有拳头大的一个洞。此洞非同小可，平整光滑，也不知道怎么撞出来的。人人见了都问，你这赛车屁股上的洞是用来干吗的，是赛车都有这洞吗？我只能趁着中国赛车事业还没有发展蓬勃、大家赛车知识不丰富时说，对，这洞是用来散热的。大家都一直觉得这三菱赛车就是厉害，发动机在前面，机器盖子上有两个大洞用来散热还不够，这屁股居然也会发热。

整个车的美容工作我觉得得在两小时内完成。但是喷漆什么的好办，这洞就不是很好补。我让店里用纸把这洞先糊住，然后一起给喷了，就看不出来。这样方便美观，而且万一比赛获胜，我就在领奖台上用手往后保险杠洞那里用力一戳，台下肯定兴奋异常，这哥们儿的胜利的喜悦实在太大了，居然用手指把保险杠戳破了。当然万一戳错地方就残了，这也必须要注意。

吃了不少漆雾，我的车终于喷好了。然后就换胎了。此时轮胎也已经装在了轮圈上，只要装上去就可以。结果不幸因为我的刹车盘不正规，用的是不知名的一个三菱吉普的刹车，那盘太大，我装米其林轮胎的那钢圈装上去以后和刹车卡钳磨。我下车研究一下，觉得凑合装上，磨着磨着刹车卡钳总能把轮圈给磨出一道槽来，就勉强开动了。我开了几米发现这车实在磨得太厉害已经开不动了。我不得不下车换回去原来的轮胎，马上赶去参加发车开幕仪式。

就是强行开动的这几米后患无穷。

在高速上我发现车的操控有点怪异，转向变得一塌糊涂，平时三菱的转向十分敏感，但是我的车突然就变得愚钝不堪，稍微一打方向，没反应，打多点，感觉整个车身浮动于避震器上在摇动，不是晃动，是轮胎没动，车身在左右摇动。如果方向保持不动，车至少要摇那么三四下才安稳下来。顿时我就心凉了。

发车仪式我也没赶上，幸亏黄总冒充我拿了时间卡，否则我还没比赛就被罚时了。赶到封闭停车区我交了时间卡稀里糊涂就把车开进去了。然后忽然想可能是因为刚才开的那几米使前轮的前束角度变形了，说不定出去让什么地方矫正一下就能恢复正常。我就跑到仲裁那里申请将我的车取出来去修。仲裁会说："你刚才不进封闭停车区，写个报告就能去修了，半夜两点前回来就行。现在进去了，怎么都不能出来了。"

这就意味着只有明天比赛前的第一次维修时间，15分钟。

因为就在北京，所以极速车队的维修车也过来帮我和黄总修修车换换轮胎。但是因为技师不会做四轮定位，所以我又打电话给红河车队的老板麻俊昆，我的比赛的第一次进维修区就进红河车队的维修区调前束。

不过这天晚上倒是踏实，不用修车了。

第二天比赛，从封闭停车区取了车，我还在去维修区的路上试了一下车，希望它经过一晚上的休息，原先金属疲劳的那部分或许能缓过来。结果情况还是一样。进了红河车队的维修区以后，我满怀希望地站在旁边，希望技师说，你的车前束变形了，要调一下。结果是，我的车前束正常。

与此同时，噩耗又传来，米其林的装胎机不给供电不能工作，这就意味着，虽然我的车背着米其林的标志，但是我的两条前轮胎用的是我以前用过的旧的拉力胎，而后面是昨天装上去的米其林新胎（车后轮的刹车卡钳和盘一般要比前轮的小不少，所以后轮能装下新轮胎）。这就意味着负责转向的两个前轮抓地力很差，而后轮又抓地力太好。这是拉力里最惨的事情了。

糊里糊涂又出了维修区，第一次是两车一起出发的短道比赛，这是一个电视直播的比赛，所以每次组委会都把我和林志颖安排在一起，增加观众的乐趣。去年我赢他不少，今年他一定复仇心切，而且开的又是全新富士八代，杀气腾腾。发车前，米其林亚洲区的运动总监过来问我，你怎么前面用的不是我们米其林的轮胎。

我说："这太复杂了。"

短道糊里糊涂地赢了，然后就进入更加艰难的比赛了。第二赛段和第三赛段各长10公里左右，路况是全国拉力赛里最著名地差，而且狭窄无比，全是回头弯，所以速度很慢，第四个赛段最艰苦，22公里长，每年都像一个报废车停车场一样，至少不下20辆车翻的翻，坏的坏，出去的出去，平均一公里一辆，碰到喜欢看热闹的人这一路肯定开心坏了。

这三个赛段我的成绩都很差，全都在二十几，最后一个赛段都快掉到最后了，被晚我两分钟发车的后车追上。此时我的车已经几乎没有右转向，很缓的一个右弯，平时几乎不用打方向就能过去，现在都要方向几乎打死才行。车的一半已经掉在路外面的情况不下五次，但是顶着油门又出来了。有一次我都以为肯定翻下去了，还抽空看了一眼满头大汗的领航员宝辉，想真是对不起了宝辉，翻下去正好是你那面先着地，结果还是没掉下去。还撞了小土山不下三次，全是在右弯上，一次还撞在记者云集的地方，那小土坡上至少站了5个记者在拍照，山顶上又不下10个，旁边还有四五台摄像机，我速度也不快，刹车也很早，方向也很早，以低于正常车速至少一半的速度进弯，结果众目睽睽之下，车居然笔直就插在土山上。我敢发誓当时几十个记者想的都是这哥们儿还是去写书比较合适。

我和宝辉以令人发指的慢速度开完了这三个赛段，车前后左右都撞了，我想还是熬到进维修区再说，万一极速的维修队长小伍神奇地发现只是车轮下面一颗摆臂螺丝松了那就好了，剩下的十个赛段里再狂追。抱着这样的想法，我强行命令自己放弃了退出的想法，所谓小不忍则乱大谋以及什么天将降大任于什么什么的，说的就是这种情况。看车到处破损的情况我绝对好似是赛道里最勇猛的一个，谁也想不到这么慢溜达出来的人，还把车开成那模样。

　　我又满怀希望回了维修区，结果自然是满怀失望地出来。不过这次前面终于换上了新的米其林轮胎。我在赛段里的时候也有人在辛苦地问人借设备装轮胎，就等我回维修区装上。我想，倘若我真在前面某个赛段放弃，那多么对不起他们。而且我发现经过小伍的一番拆装，虽然什么问题都没查出来，车身还摇得厉害，但是右转已经稍微有点改善了。

　　第二次跑短道的对手是现在的队友红河拉力车队的云南警察崔浩，是个很有意思的人。但当时我已经彻底毛掉了，哪怕对手是我爸我的想法都是去你妈的，也就是去我奶奶的，我当时感觉我想下车把所有不认识的人先打一遍再继续比赛。

　　发车以后我在我的这点小能力里把车开到了极限，就这车的情况来说已经不能再快一点了，米其林的轮胎在这种路面上也是能力超凡，结果这个赛段得到了全场第二，我前面是老外，那也是中国车手在那赛段里历来的最好成绩了，对赞助商终于有了交代，我很高兴，又带着一身杀气赶到下个赛段，结果发车后不到5公里就泄气了，因为发动机的水温高到不能再高了，经过了颠簸，右转也已经彻底不行了。

　　慢慢出了那赛段，我在路边停车，等发动机冷却下来，发现避震器也已经漏油了，机油冷却器也撞破了一个口子，排气管也磕扁了。我对宝辉说："退出吧。"宝辉有点不甘心。我说："太危险了，这山都好几百米高，万一掉得不巧实在很难说，总之我是害怕了。"宝辉说："我听你的。"

我说："要不再跑一个赛段看看？"

在SS7的起点地方，我看着这满身是旧伤新伤的车，说："宝辉，你看，我们也不可能有什么好成绩了，车也不行了，退出吧。"

说完调头就往维修区开。我想，这次新买的发动机，无论如何不要因为机油冷却器或水箱破了再烧毁了，那就没钱买了。而且这次修车也要花不少钱，万一再撞报废了，以后拿什么比赛？

回去的一路还不断看见前面的车手已经从SS7出来开往SS8报到。全是崭新的而且一流改装的三菱八代和富士八代，满眼通红。可能这就是所谓看着人家的眼红。

到了维修区交了退出申请，一身轻松。

黄总最后完成了比赛，获得N2组的第三名，虽然N2组最后只剩下3辆车，但是黄总那破车能开完比赛不能不说是个奇迹。N4组最后剩下6辆车，整个N组加起来只剩下9辆车。另外一个几十辆车参加的S3组最后只剩下2辆。这场全国汽车拉力赛的北京站是全国最惨烈的一次了，将近80辆车报名，最后估计差不多只剩下18辆。

这是连续的第二场因为机械故障退出了。北京比赛后，我的车被红河拉力车队一起拉回云南，在两个月的比赛休整期里，这车将在云南进行彻底的打散整修。从贵州站开始我就代表红河拉力车队参加比赛。

它老了

我一直不支持购买日货，但是在N组里，只有日本的三菱富士可以选择。1997年香港回归时我的三菱EVOLUTION五代出厂。据说是香港一个赛车手订的，后来那人在车还没到的时候死了，五代就没了主人。我想作为车应该和动物一样期待主人把它领走。

五代在香港停了五年。2002年我把它运到天津。因为是稀有车，报关费了很多时间。在街上陪我一年，这么不舒适没空调的一部车居然被我开到上海又开回来，所以这车也算是见过市面。

这车非常胆小，几次在街上和练车时失控，无论你如何踩住离合器它都会自顾自熄火。这是一个很难以解释的现象。还好好几次都是在离沟或马路牙子或悬崖一个分米的距离停住。

在北京的三环上战胜了无数比它贵很多倍的车。当然大部分功劳应该是主人的。

后来去了自己本来就应该去的赛场。它的出厂280马力和四轮驱动就是为比赛的N组设计的。多余的东西都拆除以后参加比赛。可惜从来没有被喷过香槟，可能别人喷的时候溅到过一点。

在上海第一次撞小树。

在长春第一次撞电线杆子。

在龙游第一次滑下赛道退出。

训练完从上海运回来的时候从运输车上掉下来，坏了一堆东西。

次年在上海居然撞到同一棵树。

在龙游，车上六年的发动机因保养不当而拉缸。

在北京换上新发动机，但因避震器断裂退出。

发动机风扇坏。油冷、涡轮增压都老化损坏。

比赛完车被运到云南。换上其他车队颜色。

装修了一遍。换了点东西。

贵州比赛，水温一直高，发现车架已经变形。

EVO5的最后一场比赛，亚太拉力赛，第十七赛段，也是比赛最后一个赛段，发车起步的刹那传动轴断裂退出。

虽然结局不美，但不得不正式退役。它太老了，现在在赛场上跑的基本都是EVO8，隔开了三代。

一共参加9场正式比赛。

今年3月从云南运回上海。可惜运回来的时候没有发动机和转向机，得为它重新找一个。4月份一家汽车经销商为了给别的车做宣传订了它一个礼拜要展示。我觉得这车有很强的表现欲望，倘若它有想法，应该会赞同被展出。

作为一辆汽车，它已经算是经历丰富，足够幸福。唯一缺憾就是没有被喷过香槟，这也没办法，希望它看见满街的出租车可以知足。不管从前是风光时还是落魄时，不都只有眼前这时候吗，它的主人假装是个作家，说话比较装丫挺，不知它能否听得明白。虽然日本制造，出身不好，但因为为中国赛车关键是主人的赛车做了一点贡献，所以就既往不咎。我和我的朋友有时候对它说过一些话，6年了，它应该已经忘记原国家的语言，听得明白中文吧。

亚洲宝马方程式马来西亚资格赛

在2004年年初的时候，我接到一个电话，电话是刘小姐打来的，说是在马来西亚的JOHOR赛车场有一个亚洲宝马方程式的奖学金资格赛。这名字很长，导致除了我以外几乎没有人能记住。

刘小姐说她代表一个叫马特汽车咨询公司，公司在上海，专门负责赛车和车手经纪的事务，并且让我马上邮寄我的护照给她。我一般自认为很有辨别能力，而且因为我的手机号码是比较早的那批，所以一直接到不少莫名电话。电话那头基本全是激动地告诉我我中了一辆帕萨特，让我马上邮寄自己的身份证和汇2000元手续费。我一般的回答全是"去你妈的"。

不过这次我马上去寄我的护照了，我觉得假若电话那头作为一个骗子，也实在难为她能这么有的放矢，我通常很容易为专门为我度身定做的东西感动。关键是电话那头没说要交钱的事情，而且还是我参加知名赛事办理签证，就算被骗也认栽了。

寄护照花了将近500元，是跑去机场按照特特急来办理的，差不多和白血病骨髓移植的骨髓享受同样待遇。两天以后被告知签证已经办好了，我特地飞往上海。至此为止，整个事情还在莫名其妙之中。

到了那家公司才弄明白，宝马每年在亚洲都有一个培养方程式车手的赞助计划，赞助的钱是5万美金，但是要拿到这钱就需要参加一个资格赛的选拔。今年的资格赛在马来西亚。我当时就问，那有了这5万是不是就可以参加比赛了？来自德国的老人马特先生说："是的，你拿了宝马的5万美金就必须参加一个赛季的亚洲宝马方程式。不过你还得自己掏200万人民币。"

我当时的想法是马上回北京。

马特又说："当然我会想办法找一点赞助，而宝马中国公司也会给予一点帮助。"

我又决定还是去趟马来西亚再说，不管有没有什么奖学金，至少可以开开方程式，回北京吹吹牛。免费去国外开方程式，谁不愿意？！

　　刚想完，就被告知，这次为时三天的培训选拔费用大约是3万人民币。

　　两天以后，到了马来西亚。下飞机是在吉隆坡。周围完全陌生，空气潮湿万分。半夜时候在异国机场总是凄惨的事情，还好一行五人，另外有两个中国年轻的卡丁车选手，加上最年轻的孩子的父亲和老马特先生的儿子小马特。在机场叫了一辆车，直接去往赛车场。

　　JOHOR赛车场在马来西亚的另外一头，离新加坡倒是很近，说得直观一点就是本来我们要去吉林延边，而飞机只能降在北京，但大家都很希望能落到更近处，然后直接穿过去。

　　作为我个人，很讨厌在一个陌生的地方尤其是国家，坐一个陌生人开的车，在一条陌生的高速公路上，而且还是晚上，去往一个从来没去过的地方。这让人感觉自己像张从20楼扔下的餐巾纸。

　　最要命的是，我们的司机看上去很困。一个小时过去他几乎不能走直线，并不断搔耳挠腮。我开车困的时候就这样。

　　本来我刚下飞机，昨晚也没睡好，相信比这司机更加困，看到这情形，强烈的求生欲望突然让我无比清醒，直勾勾观察着司机，心想你不行了就不要不好意思，马上提出就可以，我们这里唯独不缺少开车的。

　　我琢磨着怎么提醒一下司机，环顾四周，发现小马特和另外一个家长也直勾勾看着司机。我顿时宽心不少。

　　这里说说老马特的儿子小马特。小马特今年不到三十，名字叫Ingo Matter，一般只简称Ingo。第一次听老马特介绍他的时候不知怎的，脑子里突然出现一个词语就是"翻船"。这很奇怪，因为作为车手，就算要翻一交通工具也是翻车。我回去想半天才恍然大悟，可能是因为"阴沟里翻船"。在他名片上，没有翻译成读音最贴切的"阴沟"，而是"英格"，可是他是一个德国人，这样翻译怎么都觉得他是一个英国人。其实直翻成"阴沟"也是一个不错的主意，正符合中国人谦虚的习惯。你看别的外国人都叫什么"大山"，"阴沟"肯定能更好地融入中国这个环境。

这是题外话。我们仨一直监督司机到了JOHOR，已经全部体力透支。到酒店已近凌晨。而当天早上还有训练。我一时困过头，完全睡不着，打开电视看节目。很高兴还能看到中文节目，虽然是粤语，不过有中文就"磨猛提"。

第二天一早，来到JOHOR赛场。赛场是在一片山里，早上基本是口头培训，坐到我好多年没坐过的教室里，教练在说最简单的一些东西，比如赛车线、转向不足和转向过度的解决。我的英语水平是很奇怪，只要和赛车或者车辆调教有关系，基本上都能听明白，但是一去餐厅就只认识鸡肉和鸡蛋。

在座的都是亚洲各个国家的卡丁车或者初级方程式的年轻高手，我在里面异数得厉害，是个只有一年拉力赛N组经验的拉力车手，而且最大理想是WRC——世界拉力锦标赛，而不是前后左右都在做梦的F1。我感觉到随时会被这帮一心要开方程式的年轻人发现，然后被扔出去。

很快就可以摸车。我觉得宝马方程式要比我想象的大。这是最近开始流行的一个跨向F3的系列赛事，宝马方程式的车大约140马力，可能还不及一些国产轿车，但是因为重量很轻，所以马力重量比依然很好。我解释一下这个东西。我们经常能看见的桑塔纳，不到100马力，重量是一吨多，宝马方程式是140马力，不意味这比桑塔纳快一点点，因为它只有400多公斤重，大致折算一下，就等于一辆桑塔纳拥有将近400马力。法拉利360正好是400马力。我这么说一堆的意思是，这车其实还是有不错的加速感。

但是让我惊异的是方程式的高速弯表现和刹车表现。

这里又要给大家讲为什么方程式的高速弯要比普通轿车改装的赛车好很多。比如一辆普通赛车，包括保时捷GT3，在一个高速弯的速度有120，而方程式可以到180甚至更加高。两个原因，再贵的GT跑车，重量最轻都要超过一吨。大家都知道，一样东西越重，在转弯的时候受到的离心力就肯定越大，同样条件下自然越重越容易超过轮胎极限。第二点，方程式完全不用考虑实际生活的用途，而其他赛车大多是由民用车辆改装而来，民用车的风阻系数势必在一个比较低的范围，要不然肯定"兜风"，一兜风高速加速差，油耗加大，而且噪声也变大。虽然为了高速稳定，民用车设计的时候也考虑了一定的下压力，但是这完全没有专门为了比赛用的方程式下压力好。方程式的前车鼻和大尾翼能在高速的弯角产生数百公斤的下压力，这就是说简单了的空气动力学。

我第一次开方程式觉得这车的高速弯是不可思议的。相对于我原来的拉力赛车，这是唯一让我感到充满乐趣的地方。我很希望带着黄总感受一下，原来车是可以在六挡全速的情况下过一个这样的弯道的。

第二天我对车更加熟悉一点，发现原来方程式赛车还能用来玩漂移。之前很多人对我说方程式的极限是很突然的，一旦它转向过度就很难救回来。可能他们说的是F1，我觉得我开的宝马方程式的操控真是十分渐进好玩，你甚至可以像拉力赛一样让车横着入弯。当然高速弯不敢。世上很多所谓胆子啊技艺啊志气啊都是建立在强大经济后盾上的。在一起选拔的很多车手都是家里非常有钱的，相信撞毁掉一个赛车不是什么大事情。但对我而言，开报废一辆赛车意味着可能要被强逼着写一本书来欺骗读者。

很快两天过去，大家惜别，回到中国。

事情大概过去了好几个礼拜。我只是不断告诉大家，方程式的刹车距离是很短的，高速弯是很不可思议的，这还没赶上F1呢，已经让我等有小人得志的感觉。而我的朋友也大肆夸大我的驾驶感受，后来甚至出现200公里时速10米刹停和250公里过发卡弯等欺世盗名的弥天大谎，我们这里完全是一副一人得道鸡犬升天的景象。我都几乎要忘记了此行的目的。

一天我接到小马特的一个电话，说我被选上了获得亚洲四个奖学金名额中的一个，也是中国唯一一个得到此赞助的车手。我自己十分高兴，虽然眼下还有100多万的比赛资金空缺，但突然觉得方程式和场地赛这件本身很遥远的事情一下落到眼前。懒惰如我甚至假装开始认真健身，不过还好我能够保持真我，只健了一回。有些中国人办事不就是这样吗，心意到了就行。

巴林是哪里

宝马方程式的第一场正式比赛是在巴林，还是F1之前的一场垫赛。巴林是个中东小国，所幸太小，可能不安分的中东各国觉得没有必要为在世界地图上难以显示没有形状只能用一个点来表示的国家发动战争引起国际反感，所以巴林至今还是比较安全的中东国家。至少我在巴林的一个多星期里没有看见有什么公共汽车当着我的面就炸了。

但是到巴林比赛就有一点不好，就是自己灰头土脸吃一嘴黄沙，但朋友们都以为我是去巴黎比赛了。

到巴林的过程很曲折。首先是签证，巴林政府允许在F1期间所有车队人员都可以不需要签证，到巴林落地就可以得到。于是我就直接去机场了。可是巴林让进，中国不让出，一定要让我先到使馆麻烦一下。

中国人的护照其实就是一个大身份证而已，连去香港都很麻烦，何况别的地方。当天机场说需要当地政府传的一个传真件，第二天好不容易拿到传真件，安检的人换了一批，说要原件。

而巴林这样的国家只有在北京才有领事馆。于是当天就飞到北京，到了巴林领事馆。巴林领事馆还是诸多领事馆里比较慈祥的一个，尽管我进门一不小心就把巴林国旗撞倒还摔在巴林总统的照片上，但我还是很快得到了签证。

然后终于可以十几个小时飞巴林。这是亚洲宝马方程式。我怀疑巴林几乎是能飞的最远的地方，在亚洲。

到了巴林就可以感觉F1气氛的浓烈。这是巴林第一次举办F1，当地所有人都知道。不过在这样人口就几十万的国家，开车失控冲进便利店第二天也肯定全国皆知。

巴林的招待力是很有限的，很多专程来看比赛的人都睡在别的国家。所幸不远的国外有一个叫迪拜的酒店，是全世界最豪华的酒店，五星不够用，直接自称七星，据说在那里有一个海底的餐厅，保证是深海海鲜，因为能看见是潜水艇在那里抓鱼。如果是核动力潜艇那就更厉害了，别的国家用来保卫祖国的，这里却是用来捞海鲜的。

但那个酒店也满了。我们住在一个叫Grand Hotel的地方，名字足够大气，大厅绝对够小，超过五个人就要排队排街上去了。酒店假装三星，电梯又慢又颠，仿佛不是用电力而是有两个人在底下用绳子拉着。房间也是足够老，空调我怀疑不到下届F1就得从墙上掉下来，开冷气的时候听声音就知道它正努力工作，尖啸和风速都让人感动，当然，如果制冷就更好了。

巴林是个富有的国家，从街上的车就能看出来，但是最让人诧异的是巴林的货币。在以前，我一直以为全世界英镑是汇率最高的，结果到了这里才知道，一英镑才值这里的三毛钱，将近四十块人民币才能换那里一块钱。

这样势必促进了消费。因为我这样的外国游客看上去好像什么东西都很便宜，口香糖恨不得要用厘来记。一瓶洗发水也就几毛钱，数码相机就四十几块一个，汽车卖两千多一辆。

而整个国家都奇特的国家，到处都是中东国家独有的狐臭味道，就算在海边也一样，虽然海风阵阵，但是吹来的都是海那头另外一个中东国家的狐臭味道。众所周知，中国很多公务用车是奥迪，但是我居然在那里看见一辆粉红色的A8，让人震惊。我们在那里租了一辆车，但是要开得格外小心，因为一不留神很容易就开到别的国家去了。

从那次开始，我知道宝马方程式不是星期天比赛星期六到就可以的。要提前一个星期，在别的地方还可以有一些自由练习。但是在和F1一起举行的时候就只能天天在赛场里溜达，早饭等中饭，中饭等晚饭。Ingo比较职业，说这么早去赛道是必要的，因为你要"Say hello to everybody"。但是我们在因为签证延误晚到两天的情况下还Say了四天的Hello，而赛场上的人彼此都Hello了无数遍。

终于，周五的自由练习开始了。这是我第一次正儿八经在赛道上开车，而且一上来就是宝马方程式的亚洲比赛，稍微有点缺少过渡。而坐进车里只有赶鸭子上架的感觉，因为我已经彻底忘了几个月前在马来西亚奖学金资格赛的时候弄明白的哪个按钮是发动车的。

自由练习只感觉到：第一是赛道记不住，第二就是车和原来不一样了。赛道是五点几公里的一级方程式赛道，属于大型。而车的下压力和在马来西亚的时候不一样了。在马来西亚大家都是新人，所以前唇和尾翼的设定都是以获得最大下压力为主，那样在高速弯上自然很稳定，但是失去不少直线的速度，因为阻力大了。巴林是正式的比赛，下压力小了不少，车比在马来西亚时不稳定很多。

不过巴林的赛道实在很安全，因为造在沙漠里，所以可以无限制地大，而且缓冲区都没有砂石之类会陷住车的东西，全是一片空地。你可以用比F1更快的速度入弯，然后结果当然是冲出去，但是直着开一段以后发现已经在赛道的另一头了。不过这样在比赛里是不允许的。

第二天是排位赛，决定比赛的出发次序。我排第十四。队友名字叫K-YOU，是韩国人，这名字总让人联想到是Kill you或者Kiss you。K-YOU是去年年度新人，速度很快，排在第三。另外还有一个斯里兰卡小孩，父亲在斯里兰卡开拉力赛，据说这小孩还拿过斯里兰卡拉力赛的冠军。但是拉力赛这种东西是很难讲的。它分很多组，有些组别就两辆车。你们明白我说的。

斯里兰卡的孩子显得有点不适应，他总是以各种方式冲出各个转弯，一度导致排位赛停止，在他冲出去之前我还是第九，之后我在维修区里多待了一会儿检查车，那之后就有4辆车做出了更好的成绩。当然，我的损失没什么。因为斯里兰卡车手在排位赛结束时方格旗出示以后还在赛道上全情投入，跑了很多圈，工作人员怎么示意他都不回维修区，导致全球F1转播时间严重延误。这是巴林第一次举办F1，我能想象当时赛道工作人员的心情都是想把他击毙来着。后来斯里兰卡车手发现应该回维修区了，可是死活找不到维修区入口，又多转了几圈。

尽管他比我们都多跑了很多圈，不过他还是因为时间太慢最后一个发车。

周日是正式的比赛，我还有点弄不清楚比赛的次序，车队经理Hongsik说，是出维修区绕场一圈再回维修区，再出去一圈排在自己的位置上等绿灯亮了暖胎一圈，再排在自己的位置上等红灯亮了然后红灯灭了你就发车了。我的大脑一时有点接受不了，想还是跟在前面的车后面看他怎么做自己就怎么做比较好。

于是，亚洲宝马方程式的全年第一场比赛开始了。红灯一盏一盏熄灭，我仰着头还有点弄不明白究竟是全灭了发车还是要等一个绿灯。因为从小就知道，红灯停，绿灯行。但是如果起步晚了，就是最后一个，早起步了，会被罚时一分钟，也是最后一个。于是我决定不看灯了，就看着排在第一位的香港车手李英健，他有7年的方程式经验，总不至于起步失误。事实证明我的决定是很对的，因为我的起步很顺利，在第一个转弯时，18辆车都在互相争夺，一阵群魔乱舞以后，我觉得自己的位置好像靠前了很多，但是不知道在第几。

为了让车手知道自己在比赛中的状况，维修区前的大直线上，车队工作人员会把你的位置和还剩下多少圈写在提示板上。尽管如此，我还是没能找到有自己名字的那块板，倒是看到了K-YOU的，看到了斯里兰卡的，看到了另两个奖学金得主Nik和Robert的。几圈下来我已经是这18个车手里最清楚赛场形势的人，就是不知道自己是第几。

就这样前后都追不上地跑完了10圈，进了车检和称重的地方，车队成员都向我祝贺得到了第七名，因为前八名都有积分，所以大家都很高兴。K-YOU是第三，大家也很高兴，让大家最高兴的是斯里兰卡不仅保持了车的完整，居然还开回了封车处。

对于第一场比赛这样的结果我还是很开心，因为场上的所有人几乎都是自己国家的专业卡丁车或者康巴斯冠军，前面的那些车手也有多年的国际方程式经验。自己是第一次参加国际比赛，第一次开轮子露在外面的车，第一次在赛道上比赛，第一次开后轮驱动的车辆，出发前定的目标是一定要把最后一名给废了，争夺倒数第二名。现在还有11辆车在我后面，应该说是超额了10辆。

下午是第二场比赛，那场的发车次序是按照第二场排位赛的结果。我在第十发车。我想，上回超了7辆车，这回再超7辆，岂不是第三了？

比赛前巴林这一年只下几天雨的中东国家居然下起了雨，我对于雨天很有信心，可是后轮驱动的车比起拉力赛用的四轮驱动的车很不一样，简单地说，就是四轮驱动的车在侧滑的时候，只需要踩住油门，因为车辆前后都有驱动力，配合方向的反打，车自然就拉直了。关键就是踩住油门。后轮驱动的车在侧滑时，尤其在严重侧滑的时候，一定要切断离合，松开油门，让车失去驱动力，如果还是全油不放，你想，后面的轮子本来就在打滑，你让它打滑更厉害，自然会以前轮为圆心在场地上画个圈了。所以关键就是松开油门。

当然不能一概而论，但是基本上因为超速入弯而导致的侧滑都是这样救车的。

而我终于做出了一件在全世界赛车史上都罕见的事情，就是在速度很慢的暖胎圈里，车在赛道上转了个圈。这完全是自己失误，四驱开多了。幸亏那时候车上还没有任何什么BMW CHINA之类的标志，但是自己的信心已经严重受到打击。

而对我来说，信心是无比重要的一个东西。有信心和没信心做出来的事情结果是完全不一样的。当然我所谓的信心是真正的信心，是对自己无比相信的必胜能给你带来霸气表情的信心，而不是自己心里犯虚，还不断暗示自己：我可以的我一定可以的、相信自己、你是最棒的那种假的信心。

比赛终于开始，事情没我想象的那么简单，不是自己每次起步都很完美，比如这次，我不仅没有赶上前面的，还被后面的一个超过了。名次到第十一，后来追过两名到第九，而那时我觉得自己的注意力已经不再，很快被第十超回来。排在第十，完成了全场比赛。这次我们车队就我名次产生了变化，K-YOU还是第三，斯里兰卡还是最后。

很多人在方程式上烧钱就是我现在的处境。在最后你就放弃了，偏偏是在最中间，让你看见希望，又看不见胜利来临的时间。在日本的时候，我们开玩笑说："李英健你和去年董荷斌一样，都能得到试开宝马-威廉姆斯F1的机会。"李英健说："不可以的，真的吗？我相信不可以的，如果真能试一下F1是很好，自己辛苦很多年终于看见希望，只是自己赛车生涯这么多年，很多时候都是说你可以这个那个，最后又不可以，总是UP-DOWN、UP-DOWN，会很难过，还是不要给我希望。"

中国以外

因为出国是件很麻烦的事情，加上我是一个懒惰的人，所以我最恨的事情就是出国。这点和很多眼睛里从来没有中国男人一心想冲出亚洲走向世界的女人完全不一样。但是因为比赛的关系，很多时候不得不被迫出国，苦不堪言。

马来西亚是需要频繁去的地方，而很多马来西亚车手也很喜欢来中国比赛，因为有钱赚而且比赛的环境很好。中国的比赛显得很正规，而马来西亚的全国锦标赛就有点像网友自驾游。马来西亚有一个叫雪邦的赛车场，F1、JGTC等比赛都会放在那里。

我很多朋友比较关心的是马来妹究竟怎么样。很遗憾的是我除了饭店服务员以外，几乎没看见什么马来妹。

朋友很诧异，责问道："你丫去那儿干吗了？"

我也很诧异，说："废话，你当我去那儿旅游啊。"

他们所不能理解的是，在很多时候，赛车是很枯燥的。并不是赛车模特时刻在身边萦绕，给你递水递毛巾，随后你留留人家电话号码，问问你是从哪里来的，然后就上赛道爽几圈，下来去赛场旁边逛逛街，约一个模特去海边摸摸海星，趁天快黑了也凉快了再去赛道上跑两圈。

在国外比赛是非常无聊的一件事情。这简直要比在学校里上课更无聊。

首先，所有的赛车场都是在郊区的。因为没有人会在市中心买下一块可以盖三个天安门广场的地，去经营一个纵然造在郊区也是每年都亏损的赛车场。赛车场的位置往往偏僻到方圆10公里以内想花钱都花不出去，连条狗都找不着。其次，赛车场都是有租场时间的。而酒店一般都离得比较远，所以，早上7点多就得出发去赛场。

到了赛场以后就是换衣服，在将近40摄氏度的高温下先穿上防火的棉质内衣，然后套上棉袄般的赛服，戴上手套，戴上面罩，戴上头盔。然后满心想，这要是在冰岛比赛，那就正好了。

练习一般一天有5次，每次半小时。其他时间就告诉技师要怎么调车，反复看电脑里自己的数据，然后就是等着。中饭是很远处送来的汉堡或者比萨，不知道是外送的司机速度实在太慢还是离得实在太远，反正拿到手都是冷的。

实在是没事情做，那就联系联系国内的朋友吧。打电话太贵，而且国际长途也显得过于隆重，还是发短消息吧。神奇的是，还真能收发。这让我顿时对中国移动充满了感激。想这多实惠，一毛钱一条消息，可以好好骚扰别人。于是我发了不少"哈哈""对""嗯""啊""是""热"等垃圾消息。回国以后几个月，接到中国移动的电话，告诉我一个好消息。我以为是改成单向收费了然后通话费变成一分钟一分钱呢，结果是恭喜我荣升为钻石卡会员。我想不能啊，虽然我一个月手机费用要两三千，但只是金卡会员，离钻石级别还有一定的距离。后来弄明白，原来在某些国家发短信是3块钱一条。我估计自己是全国唯一一个发短消息发成中国移动钻石级会员的。

至于模特，完全是行外人的误解。模特有的时候是比车手贵很多的，你以为她们会从周二自由练习开始到周日比赛结束都像你的维修工一样围着你？没门儿。她们只是在周日的上午瞬间出现，然后在周日的下午瞬间消失。你在练习的时候她们在休息室，你绑得一动不能动了要发车了她们在你车前面，你接受采访时她们在被拍照片。你比赛结束了想留个电话，她们就已经在家里了。

综上所述，赛车是很无聊的。只有喷香槟的时候是最爽的。但只能爽两个人，其余的基本上都不爽。所以，赛车是一个大部分人常常不爽只为偶然一爽的运动，完全没有想象中的风光和乐趣。

所有的比赛里，最安静的是日本。因为中国移动的双频手机到那里就没有信号了。日本的赛车场叫AUTOPOLICE，是我见过的最美丽的赛车场。赛车场的大小合适，在群山的围绕之中，白天心旷神怡，晚上恐怖至极。

赛车场在福冈的附近，但离开市区还是很远。在赛车场的旁边有几个小镇，日本得不能再日本。无论这是一个什么样的民族，那里的整洁和表面上的礼貌给了我很深的印象，连去加油站加个油都能让你心气舒坦。在这方面，中国的差距是很大的。中国任何服务业的从业人员基本上不能意识到自己从事的是服务业，大部分的从业人员对待顾客的态度并不比狱警对待犯人好多少。而且中国大部分城市或者城乡结合部都能让人产生联想，以为这是一个以生产煤矿为主的工业城市。

在日本不知名的小镇上，我们吃到了一顿很正宗的日本料理。这是一家矗立在小镇边缘公路旁边的一个小店，四周都是树木。

不过我们从来没有去过东京，在韩国比赛的时候没去过首尔，在马来西亚比赛的时候没去过吉隆坡，在泰国比赛的时候也没去过曼谷。主要是我对购物的兴趣不大，而且说实话现在在内地能买到的东西已经不比香港少，价钱也不比香港贵，何况是其他国家的首都。虽然我们去各个国家都很早，但是出门的时间都很少。周日的比赛完后，我总是第一个想回国，毕竟那里是我熟悉的地方。虽然在我的祖国，问个路别人回答你的态度就仿佛是你挖了他们祖坟一样。

韩国的TEABEAK赛车场也在群山之间，规模要比日本的赛车场小不少。而且赛车场的设计也让人难以理解，整圈似乎只用两脚刹车就可以。但TEABEAK赛车场外漫山遍野的红枫让人印象深刻。除此以外，吃的东西也是让人难以理解。除了生菜是熟的以外，别的肉类都是生的。我的内心多么希望这两者是倒过来的。韩国人说："No，这是韩国传统，很好吃。"

我在韩国住的酒店很偏僻。去的时候地暖还开放。但是关键问题是房间里没有电话。如果想打电话必须要到室外500米的一个电话亭。这本无可厚非，但关键是电话亭旁边有一只母狗刚刚下了一窝小狗。母狗完全不能理解你半夜跑500米远出来是来打电话的，只以为是要抢它的宝贝儿女后企图自己喂奶，所以对每个来打电话的人都狗视眈眈。和远在另外一个国家的亲人打电话满脑子想的都是怕让母狗给咬了。

泰国的赛车场毋庸置疑是我见过最破的赛车场，破到我们开车来回从门口过了三遍还没有发现。整个赛车场里最豪华的建筑就是我们比赛时用于就餐的大帐篷。赛道情况也是一塌糊涂，几乎没有缓冲区，冲出赛道就是轮胎墙，据说撞猛了还会有晕晕乎乎的大蟒蛇探出来看看，然后慢悠悠爬过赛道。

泰国的赛道是极其颠簸的，一个自由练习以后就感觉到胳膊不适。一天回去以后手已经不能抬起来写任何东西，就算发短信也只能把手耷拉在双腿间练视力，姿势十分不雅。无论你饿成什么样子，你听说要抬手吃饭总是十分不情愿。而且毫无例外，每场练习以后手上老茧会准时破掉一个。所以比赛以后，你几乎连吃饭拨电话都想用脚。

但奇怪的是，每次绑上安全带，手就会自动恢复。一松安全带，连下车的力气都没有。

泰国那场比赛很不幸，在不错的形势下悬挂断裂，退出比赛，失去了很多分数。

最后比赛回到了中国。我很喜欢在国内比赛，因为一切都很熟悉。但是熟悉和好是两回事。

我的朋友K-YOU

在2004年参加的亚洲宝马方程式中，K-YOU是我唯一的队友，2003年新秀杯的得主，年度的亚军。

他的韩国名字我到现在还不知道，在中国比赛的时候，他以"柳庆旭"这个典型韩国人气帅哥的名字出现，这和他K-YOU的发音很不符合。也亏得他能在排位赛后发下的成绩单中找到自己的名字。我也想了一年，这个K-YOU究竟是Kiss you的意思呢，还是Kill you的意思。

K-YOU以前是车队的一名维修工，现在已经是车队维修工梦中的目标。因为是维修工出身，所以K-YOU在赛车调教方面更加地专业。在整整一个赛季中，我的赛车经常出现这样那样的问题，而K-YOU的赛车从头到尾都健康活泼，不能不说他也许在必要时进行了一些自我维修。

K-YOU的驾驶风格十分地不合常理。在油门需要细腻控制的后驱方程式的比赛中，电脑显示，K-YOU的出弯从来都是一脚油门到底的。而且令人诧异的是，他居然没有损失时间。为了表示妒忌，我们常说："K-YOU，你这样的开车风格，以后是不能开F1的。"

参加了一年亚洲宝马方程式，我的赛车技术提高不多，但是英语水平倒是提高不少。这种信心主要来源于K-YOU，他的英语水平从他居然一直同意自己的英文名字是K-YOU就可见一斑。但是车队经理的一番话让我很感动，K-YOU在去年是一句英语都不会说的。但是为了参加更高水平的比赛，今年居然能大致表达意思了。而且看上去英语已经到了很高水平，体现在比赛的时候就是经常有德国宝马来的官员，殷切地对K-YOU说了大概5分钟英语。K-YOU通常很诚恳地看着对方，还不时地YES，最厉害的是还能在该大笑的地方大笑，让本来英语就不好的德国人觉得自己连说英语都能说得那么幽默。最后，K-YOU用英语说一句："我不会说英语，对不起刚才听不懂。"

有一次我们在日本用餐时，席间出现很漂亮的姑娘，我正要找K-YOU观赏，发现K-YOU在外面钓鱼。那些鱼都是餐馆养的，谁钓到谁就能吃。K-YOU居然用鱼骨头钓起一条鱼。厨房很高兴就拿去煮了。煮完告诉K-YOU，吃是能吃，就是没说钓到免费吃。你钓的这鱼是鱼中极品，池子里没几条，价钱就高点，1万日元一条。

K-YOU的计划是今年参加欧洲的F3，并且在中国除夕的时候在欧洲试车。最后的亚洲宝马方程式中，他又得到年度亚军。我一直以为他今年顺利地在跑F3。直到前两天，车队来北京比赛，我打电话问车队经理Hongsik，想知道"柳庆旭"的F3成绩怎么样。Hongsik说："一直赋闲在家呢。因为没拉到赞助，他自己也没钱承受。"真是很现实。

比赛车更难的

去年的亚洲宝马方程式很劳累，最大劳累是办签证。我喜欢待着不动，偶尔坐飞机也是要属于迫不得已。但是亚洲宝马方程式要在亚洲各个地方奔波，关键是还不能说自己最擅长的中文，顿时觉得生活索然无味。而方程式其实就和它的名字一样乏味。

之前去过深圳，已经觉得非常麻烦。凭中国身份证为什么不能随意进出中国城市一直是我疑惑的一个地方。但亲自办过几次手续才知道去深圳、香港的麻烦程度，只如同进网吧上网要拿出证件登记一下而已。

先说巴林。巴林是一个小到说出去大家都不知道你去哪儿的地方。这个国家举办了F1，成为第一个举办F1的中东国家。在F1期间，巴林政府出台了一个规定，就是进出巴林的同F1有关的人员都不用在本国办理签证，实行到巴林以后落地签证。

我对中国护照的作用总有一点搞不懂，对陪同去的Ingo说："据我所知，这是不可以的，虽然巴林让我进去，但中国不让我出去。"Ingo说："没问题，肯定可以。"

次日早晨，我们去了机场。Ingo说的那句没问题肯定可以迅速在自己身上得到验证。因为Ingo持的是德国护照。但我被无情地拦下。尽管我一再申明自己是去参加比赛而到巴林就可以得到签证，但还是受到机场嘲笑，没签证怎么能出去。给巴林那边打电话也没有人接听，那时候正值巴林人睡得欢的下半夜。交涉到飞机已经起飞也没有效果，安检说让巴林领事馆发一个传真才让放行。

郁闷地回到办公室以后就得到了在北京的巴林领事馆传真。第二天去机场发现昨天那批人全都换了。结果更惨，人说："你怎么拿一破传真件就想代替签证出去啊，不可能。"

我说："是昨天站在你这位置上的人说的。"

那人说："那好，今天的我说，一定要签证才可以。"

形势所迫，只能赶最近的飞机去北京办签证。万幸，去北京是不用签证的。其间接到不少电话，问我巴林怎么样，我回答说："兄弟们，我在北京呢。"有指责我声东击西的，有怀疑我被遣送回国的，还有笑话我坐错飞机的。Ingo表示很不解，我说没办法，中国人多，没改革开放前大家也穷，大家都出国长见识去，所以限制得比较严格。

到了北京，火速赶到巴林领事馆。我们已经和巴林领事馆打过招呼，所以可以加急办理。倘若按照平时的一个星期办理时间，怕只能去那边看颁奖仪式了。

巴林领事馆在北京的繁华地段，但是进去以后还是感到自己如同中东局势一般有点紧张。虽然迎接我们的领事很热情，而且巴林也属于一个在中东比较太平的国家。

领事安排我们在休息室等候。休息室里有不少说不清楚是巴林主席还是萨达姆的照片，因我感觉中东人长相都差不多。我在里面拍了一张照片。照片拍得不好，我的笑容僵硬，而我发现原来德国人Ingo在这样严肃的环境里也显得很紧张，照片效果完全是因为手哆嗦相机没端稳造成的。

恐怖的事情还在后头，我觉得气氛有点紧张，就站起来活动活动，但不慎兜到了旁边的国旗，国旗顺势倒了下来，还砸到那张画像的脸上。我和Ingo顿时感到生命要到尽头了，亚洲宝马方程式是不能参加了。环顾四周，没人看见，我火速扶起旗帜，同时，总领事走进房里说："你们的签证办好了。"

我舒一口气，想万一人进来发现国旗砸在总统脸上会不会当场将我的签证撕毁。不过不管自己如何想，这是我办理签证过程中最快的一次。

第三天我们终于顺利登上飞往巴林的波音777。安检的人说："你们又来了。"而一直在安检口后面一家店里看我们每天都要来吵一回的售货员小姐也向我们露出微笑。希望她不要以为是我三顾茅庐感动了安检。

然后是马来西亚。马来西亚的签证还是相对简单，可能中国人要想移民也没什么人要移去马来西亚的。之后最麻烦的日本出现了。

办理日本签证本身我们自己也有失误，因为办理时间比较长，而我们送资料的时间比较晚，所以计算下来有点儿晚。因为办理日本签证要本人去，所以办公室的安妮对我说："你最好自己排个队，然后告诉他们你一定要加急。"

我是最不愿意排队的。当然我这话的意思不是说我最喜欢插队。只是我觉得在这丰富多彩的世界里，几乎没有什么事情是值得排队去做的。而且很多事情想透彻一点，其实就等于是你排队等着给人送钱而已。所以我问，是不是一定要排队，不能随去随办吗？

安妮说："不光要排队，而且最好要四五点就去。因为很多人要办签证，而日本领事馆每天只受理排在前面的多少号人，下午就不受理了。"

我当时的想法就是，作为一个中国人，我本人是绝对不愿意凌晨四五点钟去排队几小时，为了获得去日本的资格的。但是没办法，谁让亚洲宝马方程式有日本站呢？只好辛苦公司的另外一个女职员天蒙蒙亮就去排队了。我9点多到领事馆。迷迷糊糊进去了，并且还被迫接受了安检，以证明你没有要把日本领事馆炸毁的企图，或者说，纵然你有这个企图也没有将其炸毁的工具以后，才可以进入日本领事馆。

等半天终于递上资料，结果被告知缺少了当地承办赛事单位的一张类似营业执照的东西。我问，那我让那边传真过来可以不可以，被告知不可以，一定要正件。我当时就迷糊了，那如果是索尼或者丰田汽车邀请我过去，是不是得让他们把营业执照寄过来？那就太牛了，我还没见过世界五百强的营业执照长什么样子呢。

下午经过交涉，终于被告知第二天再来一次吧。于是第二天又是辛苦人家凌晨排队。不是我自己要大牌或者起不来，作为我本人宁愿不去比赛也不可能让我这样去得到区区一个签证。但是又没有办法，如果不去比赛就属于违约，需赔偿宝马不少钱，那钱对于宝马来说不是钱，但对于我本人来说得举债了，而我想当今中国，年轻人听日本歌、穿日本衣服、看日本电影、学日本打扮、开日本汽车，自己的行为恐怕并不能得到什么同情。只是辛苦了马特汽车咨询公司的刘小姐，莫名其妙每日早起。实在是没办法，总得有一个生物站在那里。

次日我又去，还是排了不少上海人，而且不少人还对自己没起那么早痛恨不已，表示要通宵排队。上海人可能是全国唯一办签证和买房子要通宵排队甚至几天几夜的人群了。改革开放了，上海富起来了，钱太多了，一定要排通宵队给别人看。

到了领事馆里面，有刚工作的小姑娘认出我，让我给他们签名，我痛快地签了，满心想着，那你们也快点签了吧。没想到结果是拒签。我回想半天也没回忆起自己在哪儿打过日本人了。经过交涉，她们收下了材料，说要一周多。

回到公司大家一算，时间完全来不及了，如果那样就赶不上赛前练习了。不能一上来就排位赛啊。于是又找人把材料拿回来，希望可以办理加急。工作人员觉得很奇怪，你不是礼拜天比赛吗，礼拜六晚上到就可以了。我说："求求各位中国人了，连唱歌还得彩排呢，我连赛道是从哪儿发车都不知道，怎么比赛啊。"

最后多亏自己有点小名，再加上公司不断骚扰日本领事馆，还有几个刚工作的年轻人帮助，得以在排位赛前一天出发。代价是错过4天自由练习。我真希望自己最后被拒签了。这样大家都轻松了。

还有泰国、韩国，都办得不是很容易。经常出国的人肯定很羡慕诸如德国护照之类。Ingo来中国办签证也是非常简单方便。我很不能理解的是很多中国学生为什么要父母掏钱，然后自己削尖脑袋往外面冲，是什么给予他们被拒签一万次都要离开中国的动力？当然除了那些家长是贪官或大款自己出国去玩顺便转移资产的。

倘若给我一个免费留学日本的机会，但前提是要排队办签证，我是万万不会去的。可能我的想法比较狭隘，谁让我不似现代大学生这般高素质呢？

我开 POLO 的两场比赛

2005年，接到红河车队的电话说，需要我自己去寻找一些赞助才能继续参加比赛。我深知寻求赞助的不容易，而且当时马上就要参加上海站比赛，除非自己赞助自己，不然不可能有任何人会慷慨掏出钱来。而且就算有资金，用的还是我那辆破旧不堪的三菱五代赛车。在这个三菱九代已经出来的年头，如果还开那样的车在赛道上，而且没有好的改装，实在是一件很悲壮的事情。最好的结果是连人带车一起撞报废。

当时我已经结束了一年的亚洲宝马方程式比赛，而且并不打算再参加一年。开方程式就像在学校里念高中一样，只感觉前途渺茫，不知道自己除了花钱以外还能做什么。而一直为我提供赛车顾问的德国人马特也在努力寻找其他汽车厂商的赞助。他们比较有把握的是福特，但是眼看比赛越来越近，如果在上海拉力赛前没有参加别的车队估计今年是要待岗了。我隐约觉得其实自己的技术已经成熟了，只是在等一辆好车。可能这么说在当时要遭到很多所谓圈内人士的耻笑。

时间越来越近，我问马特其他地方有消息吗？马特说一直联系得不亦乐乎的那哥们儿不见了。隔一天又有消息说那人出现了。我其实很不喜欢把所有的希望都悬在一个自己完全不认识的肉身上。此时真是对2005年甚至2005年以后的无限年数充满失望。我想自己的两年怎么是这样的结果，仿佛在即将向大家展示新书的时候有消息说我的书被禁了，从此不能在市面发行，只能在地下供熟人浏览。

这时候，我拓宽思路，与时俱进。想既然不能在经济可以承受的N组开大尾翼的赛车了，就回到赛车更多的1600cc组参加比赛。这个组别竞争更激烈，赛车也更公平。最终我和上海大众333车队签订了协议。

上海大众333车队是中国最强大的一支车队，并且背后有厂商的支持。所以对于车队来说，得到亚军就是失败。对于我来说，从此以后再也不用担心赛车的问题，无须连夜修车，而且有一辆能直接争夺冠军的赛车，在场地赛和拉力赛上都是如此。问题是，这是我第一次开前轮驱动的赛车，以前在拉力赛上开的是四驱车，在方程式中开的是后驱车，车的驱动方式决定了车的性格。这是完全不一样的性格的车。而且我不能再一个人优哉游哉地比赛，每场必须全力以赴。

不过这就是我所想的状态。

因为我有一年的方程式经验，所以上海大众333车队的夏总直言对于我的发展方向是场地赛。而拉力赛方面会培养另外一名车手。但是他很理解我的拉力赛情结，说可以特地打造出一辆拉力赛车让我跑拉力赛。能用好车跑一年11场比赛，我自然没有意见。唯一的顾虑是，上海大众333车队今年的变动也很大，而自己在全国场地和拉力赛上都成了一个冠军车队的主力，自己的积分影响到车队的积分，这就有些压力了。而且一旦再没有好成绩，估计以后只能做拉力赛摄影记者了。

按照以前上小学初中时老师老拿一对矛盾的词来说明作者文笔多么精妙的写法来说，这叫安定而动荡。

车队的训练很早就开始。在车队的基地里，POLO的数量是维修工的三倍，所以有的是车练。而我的赛车和王睿的、萨拉丁的、靳刚的赛车一起在拼装中。今年用的是全新的车，而且是从车厂直接拿的经过激光焊接的车架，再往里填东西，是最正宗的赛车的做法。传说中，上海大众333车队的POLO是很好的，所以从没开过前驱车的我日夜期盼我的赛车早日诞生。

赛车诞生得比较紧张。在比赛前不多时间终于让我开上了。第一反应就是比想象的要慢。但是车辆的整体改装非常好，差速器锁得非常紧，避震也非常好，应该说是一部非常好开的车。

我想，上海站比赛前我应该是全部参赛车手里心里最没底的。所有的自我安慰就是以前开那么破的车也没有被前面的车甩开太远，这次开好车了应该一样了。但是赛前我和黄总开着一辆宝马出去的时候，黄总无心说道："唉，破车开惯了，开好车反而不会开了。"正所谓言者无意听者有心。这话听得我心惊肉跳，靠想象得来的信心瞬间破灭。

赛前的晚上我应该是比较紧张的，我比较担心的是出现失眠之类的事情。结果我睡得很香，做了一个噩梦，就是比赛时在一个大直线以后需要大力刹车减速的一个弯道中，我拼命刹车，车丝毫没有停下来的意思。然后我又拉起手刹车，发现还是不能减速。车以很快的速度冲了出去，在空中飞了一段以后平稳停在一个不知道哪里来的3米深的坑里。我对领航说："孙强，我们退出了。还好停在坑里没翻车，要不按照车队的协议，翻车了我们两个都得做三年维修工才够赔偿。"

　　孙强说："你开得很好，虽然这是比赛的第一个转弯，但是从你起步的感觉我相信你开得很好。"

　　我说："我们怎么在第一个转弯就退出了？"

　　孙强说："你没有踩刹车啊。"

　　我说："我踩了，拼命踩也没效果，我还拉了手刹。"

　　孙强说："韩总，你踩着我的脚、拽着我的手干吗？"

　　这时候，全世界的记者都在坑上面拍照。我和孙强出来向大家挥了挥手。孙强说："不要忘记宣传我们的赞助商。"于是我们俩拿出上海大众的旗子对着上面摇。

　　摇着摇着，突然我们车队的维修工出现了，而且正是我和孙强车组的维修工。我说："他们来救我们了。"这时候为首的维修组张斌斌掏出对讲机说道："发现目标发现目标，王睿车组，王睿车组，请送铲子过来，马上就地实施掩埋。"

　　然后我就惊醒，花了一个小时回味了一遍，心里舒坦不少，因为据说，梦是反的。虽然我知道这是自古的最大自我安慰，因为日有所思夜有所梦。思前想后的总是忧虑，说是反的自然皆大欢喜。

　　次日，比赛。

SS1，电视直播的天马山赛车场。比较保守，我的赛段时间还可以，比王睿慢比萨拉丁快。大概排在1600cc组别30多辆车的第三。如果上帝给我一个愿望，我就肯定会压抑自己在比赛中进步的想法，向上帝建议比赛马上停止，按照第一个赛段时间排成绩。

SS2，佘山。正式的长赛段。柏油路。我忘记了自己的赛段时间，但是大家的时间都很接近。我也基本已经熟悉了POLO。

SS3，天马镇赛段。9公里左右的赛段，砂石路柏油路混合路面。车队的轮胎赞助商YOKOHAMA提供了特制的轮胎，抓地力很不错。我们的POLO在这里可以取得优势。

SS4，赛车场，我又比第一次跑快了1秒。

SS5，佘山，在这里我们要比对手庆洋车队的车慢了一点。他们的赛车今年更换了更好的电脑和直牙的变速箱，速度很快。

SS6，车队的外援，号称变速箱终结者的速度很快的马来西亚外援萨拉丁因为变速箱故障退出。去年年度总冠军王睿在一个弯道前有点犹豫出现了失误，凭借很好的控车硬是把原本应该拍墙上的赛车救了回来，但扫到了后轮，导致后桥变形。开回维修区损失了大约20秒。我也是不快不慢开完了这个赛段。孙强告诉我，刚才那个赛段我们是最快的。

SS7，赛场，又快了半秒。

SS8，佘山。在这里只能争取不被庆洋车队的车甩太远。

SS9，天马山。我还是拿到了赛段的最快。这让我信心大增。我们应该是把第一天比赛阶段排名第二的时间带到第二天比赛中，发车会紧随王睿。不过不幸的是我和领航因聊天入神，晚报到1秒，被罚时10秒，一下跌到第四，但距离第三的庆洋车队的秦法伟只有0.9秒。遗憾的是没有阶段积分了。

可能是心里有底多了，也知道第二天的任务就是狂追了，所以晚上连梦都没有一个。一早起床，在惠州拉力赛慷慨借我赛车电脑的华庆先的赛车因为无法启动，直接在维修区退出了。华仔的砂石路实力在全国是数一数二的，但这些年运气一直不好。这样的心情我是最能理解的。

SS12，赛场，时间还不错。追回了那0.9秒。

SS13，佘山。我们用的轮胎太保守，在这里损失了8秒。

SS14，我最擅长的最能追回时间的一个赛段。最不愿意看到的事情发生了。因为一个车队的外援撞车，并且各个裁判点都没有发现这哥们儿撞哪儿去了，所以赛段取消。

SS15，赛场，我又追回2秒。差第三始终在5秒左右。

SS16，佘山，我们又被拉开5秒。差距在10秒。

SS17，前面终于没有哪位神人失控，我们得以顺利发车。我在这里还是取得赛段最快。追回第三名5秒左右，差距在5秒。前面的第二名刘斌在这里慢了20多秒，退到第四。我现在的任务就是追上第二的秦法伟。这样王睿是冠军，我是亚军，多好的开局。

SS18，赛场。又追回1.5秒。还差4秒左右。

SS19，佘山。我们终于使用了更抓地但稍微有点风险的轮胎。在这个以前只有被拉开时间的赛段我一下比自己上圈成绩快了6秒。这里我的时间和秦法伟的时间几乎是一样的。这意味着，我们还有4秒的差距。而这个差距应该在下一个我最擅长的天马镇赛段追回来。然后最后一遍跑赛车场的时候我比他快1秒多。这样我就有将近2秒的优势带到最后一个赛段。比赛多激烈。

SS20，比赛段被取消更惨的事情发生了。在赛段结束前，我的发挥是空前好的，这也是我跑得最投入最顺的一次。但是排在我前面发车的现阶段排名第四的刘斌爆胎了。赛段很窄，只有靠边停在岔路上才能让后车过去。这样我被将近静止的刘斌挡了超过20秒的时间。

第二肯定追不上了，而且第三也没了。只有第四。

SS21，赛场。时间其实也没有多大意义。

SS22，车队吩咐一定要跑完比赛，这样才能获得车队冠军。我也不知道我差了第三的任志国多少时间。我一度对孙强说我们再追一追。但是在发车前我改变了主意，决定以第四名完赛，放弃冒险的想法。因我觉得这是在家门口，车队冠军是不能丢的。而通过这场比赛，我也知道自己的速度了，第三第四其实差不多，在这么好的车队里开这么好的车，以后有的是机会，不值得冒险。

我有点郁闷地跑完了最后一个赛段。最后我差第三名2.9秒。在最后一遍出维修区的时候，我通知了广大朋友和亲属过来拍照，跑最后一个赛段前我火速再打了一遍电话让大家回家。

在两天的比赛里，我的赛车每次进维修区都能更换全新的易损件，在出现问题的时候马上能够解决，而车队经理在最后一个赛段前给我的任务永远是追上前车。如果除去一些意外，这就是一场无忧无虑开心投入的比赛。通俗地说，这次的意外给了我更强的斗志。但是我还是希望不要再有意外了。因为太多意外就只能破灭人的斗志了。虽说越挫越勇是好，但也存在越挫越细、越挫越蔫的可能性，人非石木，岂能老挫？况且王睿说，成功永远是成功之母，失败是失败之母。

或者按照我以前书里的话说，一切都没意外，只是多些波折。

我所经历的事故

通过几年赛车的经验，我遗憾地发现，在当地拉力赛路边矗立的一万多老百姓面前，如果你以非常漂亮的姿态过弯是没有人理会的，如果你撞到一个除了老农家自己房子以外的什么事物或者翻进田里（最好田里还没有开始长农作物，所以最好还是翻到沟里，又没有对别人造成损失，又帮助开沟），周围的人群是最高兴的。

其实这不能怪别人幸灾乐祸，从我自己本身来讲，比赛的赛段里如果看见没有出生命危险的意外也是能醒脑提神的，尤其是对某些弯道来说，是很难把车开出去的，所以我很佩服那些匪夷所思失控的人。

在比赛的生涯里，每个人总要有事故发生。事故无论大小，吸取的教训都是一样的。我很荣幸自己没有翻过车，不过有一个说法是，一个没有翻过车的人是不能成为冠军的。我很希望自己能成为一个从没有把车开到底盘示人而得到冠军的车手。但是过程中，意外总是难免。

以下事故按照时间排序：

2003年上海站。拉力。撞树。

一段直线以后的急弯。我在弯前看到很多记者。如果有经验的车手肯定知道那些都是等着拍事故的。我不幸成为他们的素材。车的右前叶子板撞到小树苗一棵。我当时以为已经退出比赛，赛车肯定撞报废了。领航郭政大叫一声"倒"，我把车倒出来，没事。

2003年长春站。拉力。撞杆子后撞裁判车。

一段直线以后变窄的直角弯。路书没有做好，加上当时技术不好，滑出去撞在当地村里号召村民的工具广播杆上。车冲进小池塘里又冲出来撞到一辆裁判车后，又冲进另外一个小池塘。我以为车彻底报废了。领航郭政大叫一声"倒"，我把车倒出来，车已经不能跑直，回维修区检查，后桥变形。继续完成比赛。成绩不佳。

2003年北京站。拉力。撞树。

我开得莫名其妙就残忍地从一棵小树苗上面轧过去。车头就对着山。领航郭政大叫一声"倒"，我把车倒出来，没事。只是赛车前唇掉了。

2003年龙游站。拉力。冲出赛道。

我在一个很简单的弯道里因为救车失误反向滑出路面。加上路面正好被老农挖掉一块种了一棵橘子树，所以车斜着卡在坡上不能动弹。领航郭政大叫一声"倒"，我信心大增，可是怎么倒车都不动一下。事后我弄明白原来领航郭政的"倒"，并不是他作为一个老资历的领航对于事故情况的判断，而是口头禅。

2004年上海站。拉力。撞树。

和2003年撞了同一棵树，唯一不同的是部位不同，这次是右后叶子板。证明我的速度更快了。对车没有产生太大影响。

2004年北京站。拉力赛。撞各种东西。

当时车已在不能比赛的状态，避震芯已经断裂，前束和三角臂等都已经变形。转向机也已损坏。车几乎不能右拐。在各个右转弯处撞到各种事物。有树、房子、土包、山等等等等。

2004年亚太拉力赛。撞土山。

当时的车况也很差，转向和车架一直有问题。车很难控制，开得身心疲劳。在一个记者云集的土包前，我入弯后车突然严重转向过度。拯救未果，车头推着土山转了半圈。车子叶子板、前保险杠损坏。

2004年亚洲宝马方程式。马来西亚站。撞车。

在比赛的过程中我看见前方有一个大小正好的空当，当时就不可抑制，胸襟荡漾，拉力赛的技术瞬间自己就冒上来了，侧滑着就滑进了那空当。在右边的日本车手没有注意我非常规的出现，两车撞到一起。我的车传动轴折断，和日本车手双双退赛。这场事故让我损失不少积分，从而丢失了年度的最佳新人。

2004年亚洲宝马方程式。日本站。高速撞墙。

因为签证问题，到日本的时候已经很晚，所以在排位赛时过于竭尽全力，最关键的是记错了一个转弯。车后轮轧到草地后当即失控，转了无数圈以后撞到护栏。车右侧损毁严重，头盔和座舱碰撞导致头盔划伤掉漆。

2005年龙游。拉力赛。撞墙。

在第六个赛段，我赛车的刹车盘已经歪斜，顶开卡钳导致没有刹车。一路开得小心翼翼，但还是在进村庄时将车右侧撞到墙上。POLO很结实，赛车没有什么太大损伤，但是右边的反光镜之类的东西已经全部消失。有意思的是，在撞前我注意到墙头站了两个当地的观众，估计是房主。撞击后我从车内反光镜中瞄了一眼，发现墙上已经空空如也，估计是受惊掉到自家院里去了。希望两人平安。

以上这些是小事故，小到不能再小。我很高兴自己只是在小代价下进步。每次在复杂的砂石路上的数百公里的比赛，在拼搏的状态下要不撞到个什么东西或者始终开在路上很不容易，连WRC车手都不太能在一场竞争激烈的比赛里保持赛车完整。关键是要看你滑到哪里去了或者撞到一个什么。撞了以后自然不能停车检查一遍然后报警等保险公司的人来，还要全力比赛。这导致了我在日常生活中开车如果不小心撞到一个什么东西从来不想要停车看看，总是马上就走，心里想着早点开回维修区。

第一场全国汽车场地锦标赛

假装经过了一年亚洲宝马方程式的深造后，我参加了全国汽车场地赛的上海站。这一场比赛同新车队上海大众333一起做了很多准备，并一起以悲剧告终。

首先今年的比赛和去年相比有所不同，在上海国际赛车场，去年的全国1600cc量产车的比赛是10圈，今年改成30圈。去年的10圈半小时我已经看得很乏味，改成30圈意味着势必更乏味。因为车辆的改装情况和车手水平的差距很大，没到5圈就能套圈了。最精彩的比赛应该按照正常水平倒着发车，然后就一圈。但是比赛就是比赛，就如同一种酒的广告词，不得不承认，人生的确不公平。

这次赛例的改变带来的是要进站换胎一次。一些车装备了气压千斤顶，就是车一停下来接一个管子，车自己就能撑起来。更多车队装备的是4个人工千斤顶。所以光换胎一个环节就能差出一分钟。

大众333车队的准备是很充分的，尤其是换胎，我们的换胎时间大约在20多秒。20多秒4个轮胎在房车中已经很快了。我很希望自己开车在特约维修站的时候也能有这么好的效率。

维修工练得很累，接下来要轮到车手。参加场地赛的是我和王睿。我们接到的命令是在比赛前一个多星期里，为了适应30圈150公里的比赛，每天上下午要绕着车队办公室所在的相对小点的上海天马山赛车场开75圈。这不是最痛苦的，最痛苦的是在练到如火如荼的时候，赛车场突然被一电影剧组包场，这意味着从上午8点到下午6点是不能练车了，只能早晚。每天早上6点要到赛场，两小时以后离场。然后晚上过来。于是人生就变成了睡、练、睡、练。

真是功夫不负有心人，我和王睿练坏了不少车和部件。望着碎掉的变速箱和焦掉的刹车盘，我和王睿的成就感及信心油然而生，面对对手，心中只有两个字：拿下。

在比赛前的五天，车队入驻到全球最贵的上海国际赛车场。因为是全锦赛的重头戏，所以维修区是在最前面的机房里，和F1享用的是相同的待遇。而2000cc的赛车伙同一堆法拉利保时捷只能停在后面自己搭的帐篷里风餐露宿。

第二天，我终于开到了为场地赛专改的赛车POLO2005，之前我们都是在用去年场地赛的赛车做练习。今年的赛车相比去年的应该是有巨大的差别，我和王睿满心期待，终于等到大会允许的自由练习时间，我们纷纷出发，结果跑了两圈悲伤地将车开回维修区，告知车队，没转向了。

我同王睿的问题是一样的，当过弯的时候用到路肩，车下摆臂附近的一个不知名的东西就折断了。同时刹车也有很大问题，转速表也不工作。不得已，只能拖回车队的基地去返工。

当天晚上，我和王睿等到半夜11点多，车终于搞好，而且换上了更专业更好的刹车套件。我们摸黑在天马山赛车场试车——其实也试不出什么，只是能正常开动，而且性能似乎不错。因为当时天已全黑，赛车的灯只能亮一个，而且赛道上也没灯，我们只是仗着前两天每天75圈的惯性在开。刹车点也全是凭借一些依稀能看见的参照物，比如说2号弯前月夜下的横跨赛道拱形门，因为白天的时候我们都是在那里刹车。如果有好事的家伙想办法把这往后移动10

米，我的下场肯定是冲出赛道。

第二天白天，车又运回了上海国际赛车场。第一节试车很快开始。我感觉方向的问题已经解决，但是刹车似乎比昨天更加不好使。我的刹车点要比很多没有改装刹车的车早很多，才能把速度降下来。这让人很郁闷。

上海的赛道是一条非常高速的赛道，刹车不好肯定是件辛苦的事情。有问题的刹车终于在第二圈的时候就出了问题。在赛车场最高速的直线上，我感觉我应该早点刹车才能确保生命安全地过下一个低速的转弯，而这条直线也是全场能到最高车速的地方。在应该刹车的地方前30米，我就踩了刹车，结果发现什么都没有发生。于是我松开又踩了一脚，过弯已经不可能了，我只希望速度能减下来，结果还是没有刹车，当时的速度是180。我只好减了两挡希望可以用发动机来减下速度，几乎是160的速度，我笔直冲了出去。

这是我冲出赛道的最高速度，没想到在一辆只有1600cc的POLO上。

万幸的是，这是F1赛车场，瓦砾的减速带非常宽广，大概有100米，纵然这样，我也离开了赛道大概有90米，离墙壁只有10多米。

车被拖回了维修区，王睿也有同样的问题，这套刹车在去年遇到过一样的问题。原因是每次刹车以后刹车泵就分开了，解决的办法是事先要先踩几脚。我说不行吧，这样比赛心里怎么能踏实，左脚要不断点刹车。

第二次自由练习我开得小心了很多，心里始终想的是注意刹车注意刹车。圈速是很不理想的2分21秒，王睿的时间也不是很好，2分20秒。而旁边的威豪车队已经把时间做到2分14秒。7秒是一个完全没有办法追的时间，也意味着比赛到一半多就要被套圈。

当天我和王睿的心情都很差，我走路都有点直不起腰，王睿更是路都没走，窝在休息室里用电脑写一些心得。我想，这次的目标看来不能是前三了。所以，有记者问我这次比赛的目标是什么的时候，我只能告诉他们，我的目标是——没有蛀牙。

第三天。

车队的轮胎到了，技师对车也做了不少的改动，很多针对操控的调教也完成了，最关键的是，我们的刹车换回了原厂的。我和王睿其实信心不是很足，结果试车的时间吓了大家一跳，比昨天进步了8秒，排在所有车手中的一、三位。瞬间，大家感觉可以出去透透气晒晒太阳了。很多其他车手问我们原因，我们说因为我们用回了原厂刹车。

大家自然都不信。

第四天还是自由练习。我们的日本技师对车做了一些调教，车的性能更加好，我的圈速始终比王睿慢，但保证前三已经没有问题。车队开开心心进入了下午的排位赛。

今年的排位赛很有观赏性，每人一圈，同F1一样。威豪两辆赛车的时间都在2分16秒多，王睿的时间已经是2分13秒，轻松排在杆位，第一出发。第四个发车的是我，我刚出维修区就发现不知道车队换了东西还是车子突然回光返照，困扰了两天的发动机问题也没了，我的引擎状况空前好，好到我都已经不适应，两个弯入弯速度太快偏离了赛道，耽误了不少时间。跑下来用时2分17秒。第五出发。

因为我是在两辆老对手威豪的车后面发车，车队特地为我制定了不少战术，包括如何威逼利诱这两辆车之类。后来证明，战术白制定了，因为我出维修区压线被罚10秒，从第十发车。

这是一个很不好的位置，因为前面还要遇到张红江和王东江两辆天欣花园车队的赛车。这俩车手被称为两江总督,比较不好惹,很难超越。

第五天,正式比赛。

这天我们来得都很早,之前都是其他的赛事。我们的比赛是下午3点。到了中午,我突然预感自己虽然从后面发车,但能有很好的成绩,火速让家人过来观看比赛。爸爸带着家人买了黄牛票就过来了。我还特地把家人安排在离领奖台很近的位置。

之后一切就像去年的亚洲宝马方程式一样,上车,出维修区,暖胎圈,停到发车位,然后无数模特在眼前晃,晃完以后一家伙举起一块"3MIN"的牌子,意思是还有3分钟比赛,于是模特下场,瞬间眼前只剩下一个其貌不扬的车队维修的兄弟,负责帮你解决一点突发问题。然后"1MIN"的牌子举起。于是,唯一的你最忠诚的兄弟也离你而去,眼前晃动的只有牛台车的屁股和上方的信号灯。绿灯亮起是最后一圈暖胎,车再停好以后的10秒钟里,前面的红灯一盏一盏亮起,等到全熄灭的时候,你就可以发车了。

这是我第一次开前轮驱动赛车发车,之前我问了很多人关于如何开好这类车的问题,从没问过多少转速起步的问题,而且最要命的是自己还从来没试验过。不过如有神助,我的发车十分漂亮,车轮几乎没有空转,是最理想的状态,这绝对是属于乱棍打死老师傅。我发车以后就看见前车急剧向我靠近,瞬间就过了两江总督,然后突然发现以配合默契著称的威豪车队1号车2号车之间有一个POLO刚好能过去的缝,那缝真是太正点了,仿佛是给小POLO度身定做的,换一帕萨特就过不去了。从那缝里出来以后我就已经是第四了。本来有机会可以超过浙江纵横车队的一个伊兰特汽车,但是那哥们儿好像第一次跑得那么靠前,有点不知所措,我怕他没发现我不小心撞到，就在他后面跟了半圈，很容易就在我前天冲出去的弯道超过他。于是我们车队的位置一片大好，我第三王睿第一，而跑在我前面的王少锋也是肯定能超越的，就算一时超不过去也能通过车队很快地换胎出站让我排在他前面。我现在眼前的形势是前面差5秒后面差5秒，自己悠然自得。还有20多圈呢。

意外是在第5圈时发生的，有很大领先优势的王睿的赛车突然坏了。看情况像是左边的传动轴断了。王睿拖着坏了的车慢慢开回维修站。我顿时觉得紧张了，因为要确保车队冠军，就一定要拿冠军了，我马上开始发力跑。

不过不到一圈，我觉得自己的赛车出问题了。一样是左边转向机构的什么东西松脱了。别说追前车了，要保持住第二都很困难。在到了维修区前的大直线上，我用灯光示意车队我要进站了。但是因为车队的通信系统出了问题，我不能告诉他们我的车的状况，只希望通过进站能修好，而且是很快修好。

下一圈是很艰难的，后面的车不断追近，我的转向也越来越差，右转接近没有。我想肯定是半轴出了问题，只希望可以撑到维修区，修好是不可能了，前束和倾角肯定已经出现变化，而且更换东西需要的时间远远比换胎长。前三是肯定不可能了，只希望可以获得积分。车队冠军更加没希望了。

其实对于我本人来说，更希望车队可以获得冠军。并不是自己多么无私，首先车队获得冠军的情况下自己的成绩肯定也不差，而且在那么好的车队获得好成绩应该说不是问题，但是因为今年车手变动比较大，而以往车队几乎从来都是冠军，所以对于我本人来说更不希望因为我的来到导致车队冠军没了，这是面子上很挂不住的一件事情。加上这次比赛是上海大众杯全国汽车场地锦标赛，作为上海大众的厂商车队，压力更是大，冠军更不能丢。虽然今天的问题不是车手的责任，但心里肯定不好受。王睿也一样。

以上那段是在上赛场的大直线上想的，大家可以想象那条直线有多长，对于这么小排量车的车手来说，只有油门到底呆呆看着前方，并且可以抽空想问题。

很不幸，在过了大直线的转弯上，也是进维修区前最后一个转弯，只听见左前方一声巨响，眼前就是一阵轮胎发出的青烟，然后车就停在原地不能做任何移动了。

王睿虽然坚持到了维修区，但是故障不能完全排除，最后因为赛车问题只得到第十一，我只能搭工作人员的小电驴回到维修区。

后来查出两部赛车出相同故障的原因是改装用的一个半轴的螺丝强度不够。

和车手同名的弯道们

上海的道路每年几乎是一样的，在全国的比赛里落差也是最小的，所以按照道理应该是最安全的，但是因为路窄树多，每年都要有几起匪夷所思的事故。因为赛道一共那么短，所以发生事故的地方都以车手的名字命名。不知道这些车手在开过以自己名字命名的弯道时是怎么想的。以下罗列：

红江弯：

张红江是赛场里出名的稳健车手，好成绩拿了不少，当然这和以前车手比较少，退出几个就能拿前三也有一定关系。尽管这样，某些车手还是不可思议地能把车开得又慢又不稳，那些慢悠悠在后面溜达最终还翻车的车手是我一向不解的对象。好在张红江速度不慢，事故很少。所以他也得以被财力有限很害怕修车的北京极速车队看中。张哥是我第一年的队友，当时我看到名单差点一眼看成张红红，而黄总则看成了张江江。

上海绝对是张红江倒霉的地方，在佘山赛段最宽处有一个直角左弯，这里我相信几乎是全世界最宽的一个弯道了，而且那里本来是个三岔路口，在发现不能入弯的情况下还有一个妥协的办法就是索性笔直开然后倒车回来。在直角弯出弯地方有一堵墙，这墙肯定做梦都想不到自己会被撞倒。2002年上海站的时候，张红江因为变速箱故障失控，笔直插在墙里，并且推倒大片墙体。最让人胆寒的是，在墙的后面，据说是一个军队的住所。

顺便提一下，2003年，张红江跑着跑着车轱辘掉了，饮恨退出。2005年，张红江在掉轱辘处不远的一个桥上飞跳落地失控撞电线杆退出，本来这个桥也可以命名为红江桥，但是因为太多车手在这里飞桥失控，所以我们只取最大的事故缔造者命名。

曹东弯：

刘曹东是去年冒起的年轻车手。他家境很不错，所以一直引领时尚潮流，车永远是最新款。但在2003年的上海，其时已经身为N组冠军的他还微显稚嫩，从而造就了曹东弯。

上海的赛道是正反用的，第一天正跑，第二天反跑。我们已经知道红江弯是怎么回事了，曹东弯就是红江弯正跑的出弯地方。这可能画图才能说清楚一点，总体来说，区别就是，张红江是第二天过这个弯的时候撞了，刘曹东是第一天过这个弯的时候撞了。

麻花弯：

老麻是红河拉力车队的老板，以前自己也是车手。这个弯道被笑称是老麻方向盘一花而导致失控的弯道。这个弯道的源头是这样的，一段极其高速的砂石路以后，穿过几栋农宅后就到了直角的麻花弯。但复杂的是，在麻花弯的前面有一座桥，虽然桥很平很小，但是高速下桥的时候还是能导致车轮弹离地面，而且过桥以后到麻花弯前的几十米非常不平，所以很影响刹车。我每次都是在桥前刹车，加速过桥，桥后再刹车。不过我一直很好奇但是又不敢尝试，能不能在高速冲过桥以后再刹车呢？

车队经理和其他车手都说："不行的，你看，老麻估计也想试试桥后刹车行不行才遇难的。"

葛均桥：

葛均以前是徐浪的领航，所以也变得很勇猛，如今年参加巴黎到达喀尔比赛的门光远一样。门光远以前也当过徐浪的领航，后来参赛，赛段时间还是不错，但关键是事故频发。去年作为师傅的徐浪伙同徒弟门光远，发生了不少事故，今年门光远没能参加全国拉力赛，轮到葛均继承传统了。应该说，葛均的速度还是挺快的，不幸的是……

那座万众瞩目的桥在天马山赛段。桥下埋伏有很多记者，这些记者无不翘首以盼有事故发生。2005年的上海拉力赛没有让他们失望，最高峰的时候发生过四辆车撞一堆的情况。先是一个菱帅飞桥失控，歪在路边。菱帅没有把警告牌放在桥前，而是放在桥后，葛均勇猛飞桥后估计是直接就落在指示牌上，然后撞在已经出事的前车上。

这起事故很严重，葛均的领航，车队的经理兼我的朋友钱哨受伤严重，左腿膝盖和右腿踝骨粉碎性骨折，脊椎错位，差点瘫痪。

法伟桥：

秦法伟是又一个比较勇猛的车手，在2004年上海比赛的时候，秦法伟也出了一个严重的事故，并且导致赛段取消。当时的情况是一个高速弯道上桥，小秦失控车直接横着撞在桥墩子上。桥下即是一条干涸的小河，不远还有一条大江，据说轮胎钢圈悬挂都在河岸上，并且有不少不见的东西是径直飞到了江中。

不过小秦还是在亚太拉力赛上拿到了组别冠军。车手有两种，一种是越撞越快的，一种是越撞越怕的。小秦属于前者。现在自己和小秦一个组别，所以还是希望小秦再也别撞车了，越挫越勇怎么办？

志颖桥：

林志颖是全国还只有桑塔纳的时候我很多同学的偶像，他在台湾也参加过不少的比赛，但是台湾的所有比赛都只是在一个无比小的赛车场里绕圈，所以台湾车手可能只对特定的几个与赛场内雷同的转弯比较得心应手，而对于比较复杂的拉力赛不是很擅长。林志颖只是延续了这种不擅长。应该说，他在柏油路上还是有一定速度的，毕竟，台湾的赛车场再破也没破到风化成了砂石路。

场地赛都是一个人开，拉力赛还需要领航。林志颖对那次失误的解释是领航失误，说明可能普通话和台湾腔还是有区别的。当时也是一个桥，桥后紧接就是一个左弯。须知道，在高速过桥的时候是看不到这个左弯的，等过了桥发现就已经迟了。领航职责就是按照事先做的路书在这个转弯来临前告诉车手。可能是领航报弯迟了，林志颖笔直就冲了出去，降落在老农家的菜地里。

我们可以想象如果老农家的女儿一直很喜欢林志颖的话，那这件事情是多么的美妙，自己的偶像居然会突然有一天连人带车出现在自己家的菜地里。但是后来有人传言说老农还要求赔菜。

无数车手弯：

这个弯是很神气的，堪称全国意外最多的一个转弯。我发誓在那里冲出去破坏绿化的车手不下50个。

弯道是这样的，在佘山山边的一段狭窄的高速弯以后，会有一个看不见的没有参照物的突然的左急弯，如果是第二天的比赛反着跑的话，那就变成一个右急弯。但是有一点是一样的，就是连接这个毫无征兆的弯道的还是一段非常高速的道路。而且最要命的是，在这个弯道的最内侧没有铺水泥柏油，铺的是泥土。所以前面发车的四轮驱动赛车过去后，整个弯道上都是被带出的沙土，很容易滑出去。

这是记者们最喜欢的地方，虽然很多车手都知道这里很滑，但没想到那么滑，所以每次跑这个赛段都有人出去。本来那里是种满小树的，但每次比赛完基本上都不能幸存。连最里面的树都能被最新的新手撞倒。偶然幸免的树都是在第一届全国汽车拉力赛上海站前就已经成形了的。但是每棵树大约车保险杠高低的位置都已经没有树皮了。比赛结束以后，总有人在那里重新种上小树。我敢说，世界上再没有比它们的死期更固定的生物了，那就是来年的3月的第三个周六的上午。

今年的拉力赛时间安排很奇怪，以前都是3月20多号，今年居然是3月10号。这个安排是完全正确的，至少对于这个弯道来说，因为

3月12号是植树节。

最后我承认，在2003年上海站的第一个赛段，我就扫到一棵小树。但是因为速度不快，所以只是轻轻蹭了一下。遗憾的是，比赛以后我想去找那棵树给朋友看看我"处女撞"的证据时，那树已经没了。还要承认的是，在2004年上海站，我在同样的位置还是扫到去年这棵树的2004款。后来一样没了。

这些弯道在我一些朋友中颇有名气，要说某个特定地方只要说某某弯前哪哪哪就可以。车手估计也只能以自己失事的地方在一个小范围里命名某个东西了。我们不同于天文学家，哪天望天望见一亮点，以前正好没人望见过，就可以让这个有地球百倍大的东西和自己叫一个名字。作为中国的车手，很多事情，很多时候只能自娱自乐一下。

韩老师

上海大众333车队除了比赛以外还有一个重要任务就是培训赛车初级学员，给他们发赛车执照。这种培训明显是比驾校要高级，当然这点主要体现在收费上。另外，宗旨也不一样，驾校里提倡的是安全驾驶，学出来的学员几乎个个都是危险分子。来我们这里的进来时个个都是危险分子，出去时就分成两种：一种就是理解了赛车的意义，决定投身这事业的兄弟。虽然投身赛车前他可能有百万身家，但只要下定决心参加比赛，此人已经是准穷光蛋了。另外一种是彻底放弃比赛的念头，摇身一变成为道路安全隐患。这种人在以后的培训中一定要加上心理辅导。

但是我所参加的这两期学员水平都是比较高的。不是说他们的开车水平，而是思想境界比较高。因为大家都想参加由车队组织的POLO杯新手赛。这是一个花钱最少但能很快进入赛车圈的比赛，所以大家都很趋之若鹜，加上大奖是一辆POLO，所以有很多自以为开车很不错的哥们儿已经在心里内定这车是自己的了，并且已经纷纷想好自己赢了这车以后是要家用呢还是改装了比赛用。

但是，在比赛前，一定要得到场地赛的比赛执照。王睿主教，我副教。我对这称呼有点不习惯，总觉得王睿是个邪恶教会的教主，而我是某三流大学的副教授。还好学员统称我们老师。香港连续剧看多了的也叫我们教官或者"啊色儿"。

纵然学员对我们这些有很多比赛经验的教官比较敬佩——虽然他们往往比较好奇的不是你如何夺得冠军，而是你最厉害一次翻车翻出去了多远，然后修车花了多少钱——但是，经过一次培训，我还是想说，这些学员的驾驶风格和驾驶技术，是丰富多彩的，是出人意表的，是有想象力的。

比如说，某些外表瘦弱的、戴着眼镜的、衣冠楚楚的，只要一绑上安全带，就顿时伙同这辆培训车，成为方圆10公里以内最危险的一个事物。他们眼里放出的光都是绿的，眼前没有大小弯道不说，还一次次挑战物理学的极限。他们想的不是要开好这辆赛车，而是要杀掉这辆赛车，他们的每一脚刹车、每一次换挡、每一把方向，都明确透露着我要把这辆小POLO杀掉的信息。如果能侥幸没有冲出赛道，两圈回来，松开安全带以后，他们顿时恢复大学实习老师模样，并且问我或者王睿是不是开得太温柔了。

还有一种是外表剽悍、虎背熊腰，几乎塞不进培训用小POLO的东北黑社会老大型，这些人就算弄进了赛车，把安全带放到最宽把他们绑住，他们的屁股其实还不是坐在赛车座椅上的。因为实在是太壮实了，所以他们以屁股悬浮于桶形座椅上的姿态出发。这太不容易了，因为屁股的两个边缘卡在座椅高出的部分，中间悬空，倘若是跑拉力赛，一个赛段下来绝对是刚烈地变成肛裂。

大家纷纷揣测他们将以什么样的力量彻底将04号培训车杀死了的时候，突然，奇迹发生了，只见04号以阅兵的速度缓缓从我们眼前经过。大家议论纷纷，这哥们儿是暖胎呢？不对，是熟悉赛道……不是，肯定是车出问题了，刚才上一个学员开太猛了，肯定是变速箱同步器坏了，挂不上二挡……

老大阅兵归来，把车停在维修区，满头大汗道：刺激，太刺激了，这速度一上去车就难控制了，我这是好不容易……

上期还有一个问题学生，让我体会到了以前上学的时候老师经常说"老师欢迎同学们提出问题啊，老师最喜欢提问题的学生了"这话时的无奈。

当时我们在教旗语，就是说，在比赛的时候出什么旗帜你就要注意到什么。

王睿说："绿旗的时候是比赛正常，红旗的时候是比赛中止。"

问题学生就好奇地发问："那红旗绿旗一起挥是什么？"

王睿想半天说："不可能。"

然后王睿继续说："黄旗的时候是注意安全，此时比赛还在进行，但是不能超车。"

此时，问题学生的经典问题再次涌现："如果裁判出黄旗的时候我正好在超车，那怎么办啊？"

王睿又想半天，说："你把我难住了。"

面对这样一群学员，有的已经有相当的赛车基础，有的刚拿到驾驶执照还没有上过马路，有的号称安全行车10万公里但起步还熄火，有的以前是做出租车司机只要赛车门一关就想问我或者王睿去哪儿的，可以想象整个工作是多么艰难。而且大部分的学员其实上来就想跑整圈，但是在我们三天的教程里，光是刹车就要练一天。所以有时候大家都觉得很乏味，恨不得第一天大家就比赛做最快圈速，然后把6辆车撞报废回家。

在场地赛上，控制刹车是最重要的。对于一辆没有ABS的汽车，你的每一脚刹车都要能发挥它95%以上的刹车力，而且不能把轮胎刹抱死，光这个就够足足练一年。而且你要判断从哪里开始刹车，早了浪费时间，晚了冲出赛道，这些都很难。当然，我和王睿都能理解，好多学员不远千里过来，自己想体会赛车的精髓，每个人刹10脚车然后回去了自然心里不爽。其实这就是赛车的精髓，控制好刹车要比什么漂移、甩尾、行进中360度调头难很多。

我们用一天多时间练习刹车。纵然这样，还有很多刹不好的，有过度发力每一脚都踩抱死，没几下轮胎就不是圆形的了；有每一脚都极度绵软无力，非要我或者王睿跳到他们车前眼看着撞死人才能大力的。然后才是转弯或者其他。其实一天半还是不够。但是必须要把课程完成。

这些来自祖国四面八方的兄弟体现出来的是比对待自己的工作还要认真多倍的认真。有时候一天的练习以后还要不惜打车200块钱晚上去市区玩卡丁车。无论你是借来钱参加培训还是大公司老板，都需睡在车队安排的一星半酒店里，并且认真思考，自己是否真正适合这项运动。

培训的最后，肯定要发给大家比赛执照。但是比赛执照和文凭是一样的，对正常人是只要花钱就能得到的东西，但最终结果都看自己。大家已经是一流的车迷，希望大家最后是一流的车手。

三年了

　　我发现我喜欢在书里感叹"多少多少年过去了"。因为我有一个丝毫没有新意的发现：时间过去得真是很快。参加赛车的三年以及之前准备的两年，在我记忆里只是一个拼命想往前跑的过程。所有能叫和被叫作过程的，都是短暂的。

　　我觉得人若有自己喜欢的事情就必须去做，这怎么都没错。但是做分两种：一种是大张旗鼓地做，一种是偷偷摸摸地做。

　　对我来说，赛车一直是大张旗鼓在做的一件事情，一来因为此事不同写作，赛车是必须有宣传的，二来是坚信自己能够做好，顺便断了退路。

　　举个反面例子，打桌球就是必须去做但只能偷偷摸摸做的一件事情，因为自己打得很一般，没必要说出去丢人现眼。

　　我一直希望赛车能像桌球或者足球一样，有事没事就可以练练。这样自己水平一定提高很快。但相应地，有可能我隔壁邻居是N组第一。虽说这事也未必，因为开出租车的没见到可以是好车手的。这事必须用心。

　　在三年里，自己的确花了不少钱，还被很多报纸指责赚了读者钱以后就去开车花了。

　　但是我觉得这是件骄傲的事情。因为无论我的钱用途如何，钱还是那个数量，在很多人买房子买车子开铺子戴链子的时候，自己把它花在一个体育项目上，并努力希望自己得到好成绩。我不明白这有什么可以指责的地方，不明白是不是我把钱用来买套豪宅或者嗑药就无人指责了。莫非名人就得那么花钱？

在三年多里，有过很艰难的时候，艰难到一个轮胎也买不起了。赛车前，我自己玩的进口车三个月换一辆，赛车后，我一辆国产车开了两年多整整12万公里。

当我把《通稿2003》的价钱定在九块钱希望减轻一点读者负担的时候，还有地方说，看，这小子又没钱玩赛车了。这让我很难过。我想，花很多钱坐在颠簸无空调的赛车里，还要冒着危险比赛，就为有个好成绩，和花同样多的钱买一辆保时捷外加一套不错的房子勾引勾引无知的女大学生，这两个选择中，那些冷言冷语的人会选择哪一个？

同样也有快乐的时候，比如得知有可能会有好轮胎啦，赛车调教得不错啦，第一天比赛排的成绩不错啦，甚至天气不错啦。在我参加拉力赛的第二年，年迈的赛车几乎有问题了整整一年，但是别人听着永远感觉是这玩票的开得不好就怪车了。

一辆有竞争力的N组赛车很贵，很遗憾我自己不是一个国外的畅销书作家或者在中国捣鼓房地产的，要不真想自己花自己的钱参加比赛，什么都自己来，不用求着别人，还开最好的车。

今年是第三年，有说是事不过三，而且今年的车和车队都很好。前两年是微微微微有点困难的，但是我觉得一切的困难的真相都必须要在事后才能看清楚。

我现在还没有到事后，我还在事中。我希望在自己的书里，这些困难都不困难。我宁可幽默地困难着，也不愿如同现在的年轻人般假装忧郁地顺利着。

这事其实和我写书一样，你们只看到灯光耀眼的时候，没看到舞台布置需要花很多时间。我想这世界上应该是没有什么事情可以骤然成功的，除了在中国做房地产。但恐怕那也没几年蹦头了，该跳楼的还是要跳楼。世间事情有时候只是颠倒一下次序而已。这几年应该完成了舞台布置，是演员上场的时候了。虽然我去年也是这么想。

正文

自然有很多人笑我。

其实在比赛的第一年，我的财力就难以坚持下去了。2004赛季尤其艰苦，朋友的私人车队退出了，没有人要我，我只能自己修车。积累的版税花得差不多了，因为醉心赛车，便无心写书，经济上也没了后续，只能在衣食住上控制支出。北京一起玩车的朋友恰好又普遍富有，有时都不敢一起出去吃饭。有一个朋友家里做地产，见我居无定所，说出于情谊，答应卖我一套二环边的房子，一百多平米，十多万。我账上正好留了几万，是准备支撑之后几站比赛的，都没过脑，直接推辞了。当时我想，要是拼出来了，就算是对自己的童年幻梦有个交代，做个房东似乎从来不在我的梦想范畴之内。于是毅然决定给自己买了几条轮胎。因为买轮胎，遇上一个好心人，终于迎来了我人生第一个赞助商——米其林决定送给我六条轮胎。

虽然仅仅是六条轮胎，我也激动难抑——米其林毕竟是国际大厂商。这是我走向牛逼的第一步啊。这六条轮胎价值一万块左右，我又自己掏了几千，单独做了巨大的贴纸，把整辆赛车都贴满了他们的商标。领航不解，我说这叫感情投资。虽然赞助不多，但我这么一贴，人家就会觉得你仗义。朋友说你不愧是上海人，精明。我说哪里，远见而已。

比赛一开始，送我轮胎的哥们就跑过来，面露难色道，兄弟，我们只是帮助你，不需要你这么回报的。我说，没事，滴水之恩，涌泉相报。朋友欲言又止，走了。后来有人来传话，问我能不能把这贴纸给撕了，因为轮胎公司总部的老外来了，突然看见有辆贴满自己商标不知道哪冒出来的赛车，非常不悦。

米其林有非常严格的赞助规定，一般只赞助能获胜的车手。我们对您的帮助不求回报，但您贴着一车我们的牌子，容易让外界产生误解。我愣了有几秒，说，现在没时间了，等第一天比完再撕吧。

结果一进赛段，因为赛车老旧，年久失修，没几公里避震器断了。我是一个对机械几乎一无所知的车手，只知道抛锚了要打开引擎盖假装看看，显专业。那时我连续好几场因为坏车而退赛了，此刻又逢其他车手开着全新的赛车掠过，我恨不得它卷起的土把我给埋了。手机同时响了，是朋友打来的。他问我，听说你又退赛了，别灰心，哦，对了，贴纸撕了没?

那是我第一次为拉力赛默默流泪。要知道如果你是一个充满争议的人物，一旦你做不好一件事情，人们对你的嘲笑很可能打击到你。我偷偷把车拖回了汽修店，无颜再去赛事维修区。

和励志电影情节不一样的是，接下来的比赛，我并没有逆袭。

在第一个赛段，赛车爆缸了，活塞把缸体打了一个大洞，引擎室烧了起来。当时的我再也买不起一个发动机，但在火光照射下，我再没有感觉心酸。要知道坚固的事物都要经过烈火的锤炼，这火光既不能温暖我身，也不能焚毁我心。从那一天起，这件事情，我必须做到。每个人的身体，都有厚的地方，它们各不相同，有些人厚的是手上的老茧，有些人厚的是背上的污垢，有些人厚的是脸上的老皮，我愿自己厚的是心脏的肌肉。打死也不能放弃，穷死也不能叹气，要让笑话你的人成为笑话。

发动机烧了以后，我回到老家。邻居家发小韩春萍（他是个男的，于是喜欢管自己叫春平。大家的疑惑与我的疑惑一样，答案只有他爹妈知道）对我说，你骑自行车还不错的，但是赛车还是很难去赢全国比赛的，我们承认你在亭东村还是最快的。我说，你等着看吧。

后来的故事就是现在这样了——

2005 >>>

2006 >>>

2007 >>>

2008 >>>

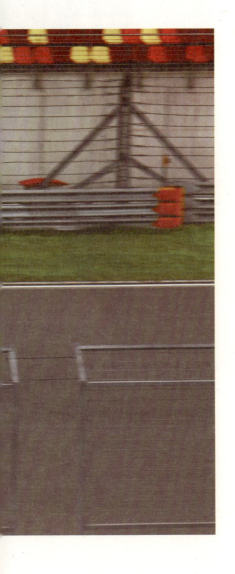

2009 >>>

2010 >>>

2011 >>>

2012 >>>

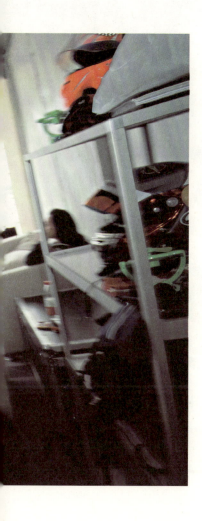

春萍，我做到了。

番外·6号赛车 >>>

它是车厂里的一台工程测试车，等待它的命运也许就是接受碰撞测试，然后报废。

是年，车队决定改装新款赛车参加新赛季的全国汽车场地锦标赛，车厂把它运来了车队。因为是运输车上的最后一台，且外观不整，所以它只是作为备用车中的一台，且是最不受待见的一台，一直停在车队的鸡窝边。

四台赛车被改装出来，参加比赛。车队接到任务，需要改装出一台和赛车外观一模一样的车去参加各地的巡展。由于鸡窝扩建，

它被拉了出来做了外观改装。一切只是为了让它看起来和赛车长得一模一样。

整整一个赛季，它的四个兄弟都在场上拼杀，而它只能在展台上远远观望，而且始终没有被装上引擎的资格。

2012年，又一个新赛季。第一场比赛时，一位队友翻车了，情急之下，它终于可以在第二场珠海站的比赛时替补登场。装上发动机的那一刻，它震惊车队。因为电脑工程师想尽一切办法，它就是无法点火。

一夜的整修之后，它终于能羞涩地启动了。车队将这台新赛车指派给我，并贴上了门胶贴——6号，它终于能像一台真正的赛车一样上赛道了。第一个弯，它就闪耀全场——因为刹车故障，笔直冲出赛道。练习赛因此取消，它要接受所有过往赛车的取笑。当然，这是拟人化的修辞而已，其实是我要接受所有过往车手的取笑。最终，6号被灰头土脸地拖回维修车间。

这场比赛的排位赛，6号赛车居然获得第一。它的弯速和车架比其他精挑细选的原型车更加优异。消息传到车队在上海天马山基地的看门老师傅那里，他很诧异——不就是那堆废铁么？

比赛的正赛，意外又发生，因为车队在发车前换胎超时，6号赛车从杆位被罚到末位发车。技师们默默把它从第一的位置往后推，所有人（其实仅限于我们的车队的成员和车迷们）深感惋惜。

红灯全灭，正式发车。6号赛车从队尾竟然一路超到第一，创造中国汽车场地锦标赛的奇迹。（此处注意，赛车是无法自动驾驶的，里面那个人是我。）

几周后，6号赛车在鄂尔多斯赛车场迎来了又一场比赛，所有人都对它充满期待。不幸的事又发生，运输赛车的集装箱从卡车上掉了下来，5号、8号赛车当场报废，6号和7号赛车损伤严重。

经过几个昼夜的抢修，车队宣布，6号赛车的后车梁受损，无法完全修复，只能带伤勉强参赛。而那场比赛车队只能出两台赛车，目标就是别落在最后。

鄂尔多斯第一场，暴雨中，6号赛车获得冠军。车队所有人都不敢相信。你觉得技师们会像电影里一样喜极而泣？车手在喷香槟时，他们早已经睡了一地。

鄂尔多斯第二场，6号赛车依然获得冠军。作为驾驭者，我开始在车手总积分榜上领跑，我不知道能否领跑到最后，但我觉得有时候6号赛车作为一部机器，却比一些生物更值得信任。

一个月后，噩耗再度传来。由于运输事故修复过程中，6号赛车使用的一个车底连接部件忘记注册报备，车检没通过，因而取消了一场冠军成绩。

此时我们已经几乎失去了争夺车队年度总冠军的希望。车队只能激励我去争夺年度车手总冠军。他们决定改装出一台更强大更先进的赛车。新赛车由世界汽车场地锦标赛的冠军工程师打造。虽然我对6号心存感情，但总想着新赛车会更好（我太渣男了……）。于是我决定换车。6号赛车中途退役，被新6号所取代。

新6号赛车在万千恩宠中闪亮登场。试车结果却不尽如意。它一直存在各种机械问题。在比赛还有最后几圈时，新6号全车断电，停在弯中，无奈退赛。连续两场0分，使我的总积分跌出前三。

我决定用回以前的6号赛车，无论那台新车有多么先进。天马山赛车场，这台车架依然有伤的6号，从第四超到第一。（看了这么多6号赛车夺冠的照片，下图为它的驾驭者——本人的英姿。）

2012年年底，上海国际赛车场年度收官决赛。最终，我和它一起登上了总冠军的位置。夕阳余晖下，我把香槟都洒在了它的引擎盖上。工程师激动地跑过来，紧紧握住我的手。一个赛季的跌宕起伏在我脑海中闪回。然后他说，不能往发动机位置洒饮料的……

它曾是一台没人看得上眼的工程测试车，现在是一台冠军赛车；它曾让我万念俱灰，也曾让我欢欣沉醉；它会莫名脆弱，也会异常强大；它如每一个你我，但你我此刻也许正挨着鸡窝。我教它如何行驶，它教我如何坚持。或许它会是欢庆照片里的主角，或许它是照片外的摄影师，但它终于站在它要在的位置。

在2013年，因为CTCC全锦赛规则的改变，它正式退役了，我只能保留这个车号，却无法保留这台赛车。新的赛季这个周末就要开始，上海大众333车队也已经为我改装好了全新的赛车，而老赛车退役后的命运就是被拆散，它的各个部件将作为比赛时的备用。于是我把它买了下来，带回了家。也许未来我会把它运到赛车场去溜达溜达。因为无法上牌，这台车将永远不能上路。但那又如何，它的使命本就不在公路上，而是在赛道里。

写下这个故事，没有别的意思。

6号终究是一台车，一堆机械。它没有生命，只有命运。而它的命运也是被动的，它只能被选择，被赋予，无法自己选择，自己赋予。若它当年被撞毁了或被遗落了，也就没人会知道和在意。所以，它只是一个故事。

我只是想说，命运就算颠沛流离，命运就算曲折离奇，命运就算恐吓着你，做人没趣味，别流泪心酸，更不应舍弃。

总有人愿意一生永远陪伴你。

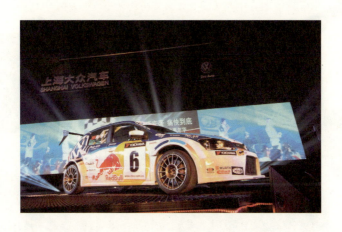

后记

2012年，这是我参加拉力赛的第十年。在第一次退出比赛的浙江龙游县城，我捧起了自己第三个年度车手总冠军的奖杯。高兴的是，我终于可以向春萍说我做到了，因为一次可能是侥幸，两次可能是运气，但三次说明我还可以。遗憾的是，我起步太晚了，能力有限，我相信自己在亚洲的拉力车手中也许还不错，但无法和那些欧洲人相比。我们的环境和我自己都不够好，也许更有天赋的人，能站上世界之巅的人，正在读着这篇文章，他甚至可能连驾照都没有。

我也明白了很多事。

他人笑你，是正常的，无论是主观还是客观，你当时都没有做好、没有做到，你有什么资格豁免被他人嘲笑？你的哭泣，你的遭遇，和别人的困苦相比，有什么不同之处么？每个人都想召唤上帝，每个人都会觉得自己快要过不去。他人鼓励你，那是你助燃的汽油；他人笑话你，也许是你汽油里的添加剂。

后来，我并没有和那些当年笑过我的记者们反目，反而到现在都是很好的朋友。虽然现在，我的赛车上已经被各种赞助商贴满商标，我用着倍耐力或者横滨无限量提供的最好的轮胎，开着最好的赛车，每场比赛都更换着最好的部件，但我还记得当年的那六条轮胎。那时我觉得我要争气，要让他们见识我的实力，现在我觉得我应该纯粹地感谢他们，并不是因为他们给我斗志，而是他们的确做得很好，又帮助了有潜力的车手，又确保了自己的商业原则，如果我是决策者，我也会这么做。你知道你能做到，别人觉得你也许可以做到，那么，少废话，做到再说，其他的怨气都是虚妄。自己没有崭露光芒，就不应该怪别人没有眼光。

如果没做到，我也不会黯然抑郁。至少我童年的幻想不是赢得冠军，而是纯粹绑在拉力赛车里，像我的偶像们一样把赛车开成那样。

我知道这路漫长，甚至我的胜利未必能给我增添荣誉，反而还让外行误以为我们的全国锦标赛是个山寨比赛，居然能让一个写书的赢得冠军。不甚明了者倒无妨，可能还会有人反冒出恶意。没关系，总有这样的人，说起赛车只知道F1，说起足球只认识贝利。在他们嘴里，世界上只有一个叫比尔·盖茨的人在做生意。你做到了A，他们会说你为什么没有做到B；你做到了B，他们会问你为什么没有做到C。对于这样的人，无需证明自己，无需多说一句，你只需要无视和继续。做事是你的原则，碎嘴是他人的权利，历史只会记得你的作品和荣誉，而不会留下一事无成者的闲言碎语。

以此文献给我的2003-2012年拉力赛季，献给每一个认真做事不言放弃的朋友，献给每一台被我撞毁的赛车，献给为我祈祷和一直劝我退役的家人和朋友，献给和我并肩奋战的队友和技师们，献给2008年去世的拉力车王徐浪——我从你身上学到如何开车，我赛段里的每一个动作也许都有你的影子，你让我知道有些东西是不会磨灭的，你让我学会了笑对一切，你让我懂得世界上再多人企图抹黑，甚至这世界再黑，你只需笑，而且要咧开嘴，因为你的牙齿永远是白的。

后记的后记

第一次去澳门，到了传说中的东望洋赛道，也知道了澳门其实不兴吃豆捞。

最早看到东望洋街道赛是从电影《阿郎的故事》里，周润发扮演的阿郎参加摩托车赛，高速撞墙，最终在一片火焰里死去。我很多次宽慰朋友说，这是电影，导演需要阿郎死。替身很疼的。真实的赛车很安全。

真实的世界里不能重拍，也没有替身。赛道上昨天就有噩耗，一位来自欧洲的摩托车手路易斯撞车身亡，另外一位重伤。今天又知道了香港车手邱先生发生意外，最终不治。

59届的澳门格林披治如同此刻澳门上空一样灰霾。两天两位车手离开，如同1994年的伊莫拉。作为同行，也只能在这冬雨里向文华东方弯的方向敬支烟，洒杯酒。

自从开始这职业，就一直听闻眼见自己相识或不相识的车手去世。今天还是对手，明天就永隔了。发生意外的弯道就在我住的酒店楼下几百米处。

这两年写了太多关于朋友离开的文字，也不知说什么好。家人一直劝我退役，说一来是危险，二来以后你老了，成绩差了，人们都会落井下石的，趁这两年不错，激流勇退吧。说的都没错。

但，如果你准备好去打仗，你就得知道敌人扔过来的不会是面包，你准备好去探险，就得知道山谷里没有七尺大床。对于刚三十多的人来说，以往的岁月可能是不断地迎接新人进你的生命，以后的岁月也许会不停地送旧人走出你的生活。当然更不排除每一个自己走得更快。

写东西的人都爱谈生死，觉得深刻，有人喜欢看透，有人喜欢解构，往往没怎么经历过的人会有感悟一堆，经历越多反而要说的越少，死去活来的那些也许早就生死疲劳了。所谓深刻就是深深刻在你身上，扎一刀，喊一句，再扎一刀，再喊几句，多扎几刀，拧一下，就安静了。

我常想起死去的那些朋友们。我能做的就是躺下睡觉，闭眼，再睁眼，把车的反光镜涂成黑色，绑上安全带，戴上头盔，停到发车位，继续。用自己小说里的几句话来结尾吧。

他们先行，我替他们收拾着因为跑太快从口袋里跌落的扑克牌，我始终跑在他们划破的气流里，不过我也不曾觉得风阻会减小一些，只是他们替我撞过了每一堵我可能要撞的高墙，摔落到每一道我可能要落进的沟壑，然后告诉我，这条路没有错，继续前行吧，但是你已经用掉了一次帮助的机会。

　　再见了，朋友。

还是小韩喜

2005赛季　韩寒加盟上海大众333车队，CCC全国汽车场地锦标赛及CRC全国汽车拉力锦标赛两栖作战，却在刚刚涉足的场地赛领域率先取得突破，仅仅是个人的第三场比赛，便在珠海国际赛车场夺得个人首个场地赛分站冠军，也是他整个赛车生涯首个冠军。

2006赛季　这一年，2006赛季CRC全国汽车拉力锦标赛首站比赛在韩寒的老家上海金山区拉开序幕，亭林镇少年在人山人海的家乡父老面前以一个亚军的成绩证明了自己的赛车实力。

2007赛季　韩寒驾驶全新研发耗资数百万的全新Polo赛车在场地赛领域所向披靡，1个冠军、3个亚军和2个季军，以1分优势险胜队友王睿，夺得2007赛季全国汽车场地锦标赛年度车手总冠军，年少的梦想终于达成，韩寒成为全国冠军。

2008赛季　韩寒夺得了2008赛季CRC全国汽车拉力锦标赛国家组1600cc组别的年度车手冠军，却也失去了他赛车领域中亦师亦友的徐浪，他在一场越野赛事中，因为救援其他赛车，被突然断裂的拖车钩击中头部不治身亡。

2009赛季　在北京举办的世界车王争霸赛，第一次让韩寒有了与国际顶尖高手同场竞技的机会。国内的选拔赛中，韩寒一路过关斩将轻松胜出，与董荷斌一起代表中国出战国家杯比赛，与格隆霍姆、舒马赫、杜汉及希尔沃宁这些横跨F1、WRC、摩托GP的世界冠军的交手中，韩寒不落下风的表现证明了他自己赛前接受采访时所说，"中国赛车的水平一定比中国足球要高"。

同年，并不满足于国家组冠军的韩寒在拉力赛中从333跳槽加盟了同在上海的FCACA车队，在竞争更加激烈的国际组比赛中，首次参赛便夺得了他一直梦寐以求的CRC全国汽车拉力锦标赛国际组年度车手冠军。

2010 赛季　这一年的CCC全国汽车场地锦标赛已经改名为CTCC中国房车锦标赛，韩寒在最后一站前落后对手刘洋6分，开赛仅仅第一圈，333车队的其他3名队友就在混乱的碰撞中相继退赛，没有了队友保护协助韩寒以一敌四，单枪匹马与对手四台赛车上演贴身肉搏战，战至最后一圈，不成功便成仁的一号弯超越最终因为刹车热衰竭而未能成功，年度冠军旁落。

2011 赛季　作为那一年唯一一位两栖车手，韩寒遇到了赛事撞期的苦恼，2011赛季的CRC和CTCC居然有两场比赛都被安排在了同一周末举办，韩寒必须做出取舍。最终，韩寒明智地选择了当时局势更加不明朗的拉力赛，一路拼杀拿下了他加盟斯巴鲁车队后的首个CRC全国汽车拉力锦标赛国际组车手年度冠军；而场地赛那边，队友王睿也没有让冠军旁落，帮助333车队拿下年度车队冠军，自己也获得年度车手冠军。

2012 赛季　花开两朵，各表一枝，参加赛车运动的第十个年头，韩寒终于在他的双栖赛车生涯中完成了历史性的会师，场地拉力双料年度总冠军，在中国赛车不长的发展历史中，这位半路出家的车手完成了最不可能完成的任务，当之无愧稳坐中国赛车头把交椅，那么，下一个十年，又会有什么奇迹呢？

2016 赛季　时隔四年，在取得了非常喜人的电影成绩后，赛车手韩寒又回来了，他再一次夺得了国际汽联亚太汽车拉力锦标赛暨中国汽车拉力锦标赛冠军，令所有人信服赞叹。

韩寒

1982年9月23日出生

作家、赛车手、导演

小说、散文作品总销量超2000万，被翻译成十余种语言在全球出版

作品：

小说

《三重门》《像少年啦飞驰》《长安乱》《一座城池》

《光荣日》《他的国》《1988：我想和这个世界谈谈》

散文

《零下一度》《就这么漂来漂去》《我所理解的生活》

杂文

《通稿二零零三》《杂的文》《可爱的洪水猛兽》《青春》

主编：

《独唱团》

《很高兴见到你》《去你家玩好吗》《想得美》

《不散的宴席》《在这复杂世界里》《和喜欢的一切在一起》

《我们从未陌生过》《可以不可以》

电影：

《后会无期》《乘风破浪》

赛车：

中国职业赛车史上唯一场地与拉力双冠军

就这么漂来漂去

产品经理｜陈　曦　　责任印制｜路军飞

产品统筹｜陈　曦　　出 品 人｜吴　畏

图书在版编目（CIP）数据

就这么漂来漂去 / 韩寒著. -- 天津：天津人民出
版社, 2017.12（2018.1重印）
ISBN 978-7-201-12626-5

Ⅰ.①就… Ⅱ.①韩… Ⅲ.①随笔—作品集—中国—
当代 Ⅳ.①I267.1

中国版本图书馆CIP数据核字(2017)第283317号

就这么漂来漂去
JIU ZHEME PIAO LAI PIAO QU

出　　　版	天津人民出版社
出 版 人	黄　沛
地　　　址	天津市和平区西康路35号康岳大厦
邮 政 编 码	300051
邮 购 电 话	022-23332469
网　　　址	http://www.tjrmcbs.com
电 子 信 箱	tjrmcbs@126.com

责 任 编 辑	赵子源
产 品 经 理	陈　曦

制 版 印 刷	山东鸿君杰文化发展有限公司
经　　　销	新华书店
发　　　行	果麦文化传媒股份有限公司
开　　　本	880×1230毫米　1/32
印　　　张	7.25
字　　　数	162千字
版 次 印 次	2017年12月第1版　2018年1月第2次印刷
定　　　价	48.00元